ホテルラフレシアで朝食を

登場人物紹介
レノア
ラフレシアに数年間宿泊し続ける
変わり者の作家。アンジェリカを
「ご主人公様」と呼んで慕っている。
ガラ
ラフレシアのライバルホテル・
コッソアーロの代表。
なぜか地球の料理に
詳しいようで……？
アンジェリカ
異世界トリップし、外見も年齢も
変わってしまった少女。
ホテル・ラフレシアの看板娘
として、ライバルホテルに流れた
客を取り戻すべく奮闘中。

アンジェリカの両親
ラフレシアのオーナー夫婦。
二人ともものほほんとした性格で、
アンジェリカを
優しく見守っている。
ギルバート
アンジェリカのクラスメートで、
裕福な商家の息子。
やんちゃで明るい性格。
ノーチェス
レノアの担当編集者。
紳士的な物腰だが
締め切りを破る
レノアには厳しい。

プロローグ

全身を冷たい針で突き刺されるような痛みで目を覚ました。

すぐに、冷たい雨が容赦なく打ちつけているのだと知る。

目の前には土の地面。どうやら私は、降りしきる雨の中でうつ伏せになって倒れているらしい。

起き上がろうとしたけれど、指先くらいしか動かせない。

寒い……。どういうことなの……？

混乱する頭で必死に考える。

私は全寮制の学校に通う女子高生の四ノ宮安奈《しのみやあんな》で、本当なら今頃、遠く離れた実家に着いているはずだった。なぜなら今日、自主退学の手続きをしたから。

そして、生徒の誰にも別れを告げることなく、電車に乗って……。心地よい揺れに身を任せている間に、眠ってしまったらしい。

視線をめぐらせると、周囲には草花や木が生《お》い茂っているだけで、線路も建物もない。電車が事故を起こしたわけではないようだ。

でも、このまま誰にも気づいてもらえなければ――想像してゾッとしたところで、声すら出せないことに気がつく。

私は死んでしまうのだろうか。

不安が膨《ふく》らんだその時、ふと雨の音に混じって声が聞こえた。

『あなたを、待ち続けている』

足音がして、綺麗な素足《すあし》がこちらに歩いてくるのが見えた。この雨の中、裸足《はだし》だなんて、寒くないのだろうか。

一体誰なのか姿を確認したいけれど、顔を持ち上げる力はない。

「――ああ、見つけた。あなただ」

男の人の声だった。

彼の冷たい指が私の身体に触れる。

次の瞬間には、私は完全に意識を手放していた。

＊　＊　＊

「起きてください、小さなご主人様」

再び声が聞こえて目覚める。

「え……誰……？」

「初めまして、私はレノアと言います」

目の前に見たことのない男の人がいた。気を失う前に聞いた声の主だ。

すぐさま、彼に抱き抱《かか》えられているということは理解できたが、それ以外の状況がまったくわからない。あれからどれくらい時間が経っていて、ここはどこなのか。

「戸惑っていらっしゃるようですが、それも当然です。あなたは異なる世界から飛ばされてきたのですから」

飛ばされてきた？　異なる世界？　どういうこと？　ここは日本じゃないの？

焦って辺《あた》りを見回すと、森のような場所にいるのだとわかった。先ほど倒れていた場所から移動したらしい。

そして、自分の身体に視線を落として驚く。服がまったく違っていた。制服を着ていたはずなのに、今は白いワンピースのようなものに身を包んでいる。しかも、身体がずいぶん小さくなってしまっているのだ。一体どうして――まさか、タイムスリップでもしてしまったのだろうか。いや、まさかそんな。夢だったら今すぐに覚めて欲しい。

「あの、私、一体……。い、家に帰らないと」

レノアと名乗った男性に焦って言うと、彼は笑顔で人差し指を立て、それを左右に振った。

「大丈夫、心配しないで。計画はばっちりです。すべてお任せください」

「いや、あの」

わけがわからなくて逃げ出したいと思うのに、また身体が動かない。

その時、遠くから、ガラガラと車輪が回るような音が聞こえてきた。多分、テレビドラマとか映画の中でしか見たことのない、馬車の音だ。

「いいですか、小さなご主人様。馬車が近づいてきたら、私があなたを転がします」

「は、はいぃ⁉」

言っている意味がわからない。そんなことをしたら、馬車に轢《ひ》かれて死んでしまうじゃないか！

「大丈夫、轢《ひ》かれないようにあなたの身体の周りに結界を張っていますから。馬車に乗っている男女があなたを拾って、この世界であなたの保護者となってくれるんですよ」

「な、何わけのわからないことをっ⁉」

「じゃあいきますよ。さん、にー、いち、はいっ！」

「きゃああああああああ‼」

「また後でお会いしましょう～」

満面の笑みを浮かべたレノアさんに、ころんっ、とまるでボーリングの玉のように私は投げ捨てられた。

次の瞬間には、目の前まで馬車が迫り、ぬかるんだ土が撥《は》ね上がっていた。

死んじゃう!!

ぎゅっと目をつぶった瞬間、馬車が急停車する音と馬の甲高《かんだか》い鳴き声が聞こえて、衝撃が――


襲ってこない……？

助かったのだろうか。

そっと目を開けると、馬車から二つの影が飛び出してきた。

「だ、大丈夫かい!?　ああ、なんてことだ……!!」

最初に私に触れたのは、ひどく焦った様子の男性だった。私の顔を覗き込み、泣き出しそうな目をしている。

続いて、女性がそっと首筋に指を当てた。

「……大丈夫、脈があるわ！　それに、見て。どこも怪我をしていないし、服も汚れていないわ」

そう言うと同時に、女性は私を抱き起こす。

「い、言われてみれば本当だ。なんて不思議な……」

「でも、どうしてこんなところに、こんなに小さな女の子が……」

二人は手を伸ばし、私の髪や頬を撫《な》でた。

相変わらず身体は動かないし、驚いたせいか声も出せなくなっていたけれど、彼らの手の温度がとても心地よくて、なんだか落ち着いてくる。

ふと視界の端に、私を投げ捨てたレノアさんをとらえた。木の陰に身を隠しつつ、こちらに向けて笑顔で、親指をグッと突き立てている。

誰のせいでこうなったと思っているんだ。

――ともあれ、こうして私は日本から異世界へ飛ばされて、彼らと出会ったのである。

1　家族で朝食を

「アンジェリカ、起きなさい。朝よ、アン」

優しくて温かいお母さんの声が、ドアの向こうから聞こえる。

声をかけられる前に、ドアはきっちりと三回叩かれた。実はとっくに起きていたけれど、起こしてもらうのをベッドの中で楽しみに待っていたなんて知られたら、お母さんに呆れられてしまうかな。

そんなことを思いながら、わざと寝ぼけたような声を作って返事をした。

「はーい」

ふふふと、私は小さく笑う。その直後、お母さんが去っていく足音が聞こえた。

本当は早起きは得意なほうだけど、お母さんの優しい声で起こされるのが好きだから、いつも寝過ごしたフリをしてしまう。

ベッドを抜け出し、まずは部屋を出て歯磨きを済ませた。それから部屋に戻り白いネグリジェからいつもの服に着替える。

ワンピースの色は、柔らかなモスグリーン。レースがついたお仕事用の白いエプロンも装着する。

櫛《くし》で髪をとかしながら、今日も三つ編みにしようかな、と思案する。周りの人からよく「にんじん色」と言われる、赤くて長い滑《なめ》らかな髪は、私の自慢だ。

にんじん色。美味《おい》しそうな色でいいでしょう？

小さい頃は、毎日お母さんが私の髪をとかしてくれていた。そのおかげで、十五歳くらいになった今も、自分の手で丁寧に髪を扱う習慣が身についている。

ところで、私が「十五歳くらい」と曖昧《あいまい》な表現をした理由だが――私は自分の正確な年齢を知らないのだ。私に限らず、私の両親も知らない。

実は、私は高校二年生になるまで、日本でごく普通の女子高生として過ごし、気がついたらここ……異世界へと飛ばされていたという、人様には言えないような秘密の持ち主なのだ。

顔も髪の色も、そして年齢も、日本にいた時とはまったく違う状態だった。髪はこの通りにんじん色で、年齢はなんと十歳前後まで幼くなっていた。

そこから約五年の歳月が流れているので、多分今は十五歳くらいではないかな、と考えているわけである。

頭の中に、この異世界にやってきた直後の記憶がよみがえる。もう幾度となく思い返してきた、奇妙な出来事だ。

全寮制の高校を自主退学し、実家に戻る道のりの途中で、いつの間にか意識を失った。目を覚ました時には、地面に倒れていた。

雨に打ちつけられ、身体が動かせない。自分がどこにいるかもわからず、「死んでしまうのかな」と思った時に男の人の声が聞こえてきて――だけど、そこでまたプツリと意識が途絶える。

次に目覚めた時には、見知らぬ男性に抱《かか》えられていた。レノアと名乗った彼は、「あなたは異世界から飛ばされてきた」と言った。混乱しながら自分の姿を見てみると、服も違えば、身体も小さくなっていて、そこで私は自分の姿かたちがすっかり変わっていることに気づいたのだ。

そして、レノアさんは混乱したままの私を放り投げた。走ってくる馬車の前に、である。

そこは森の中で、私は「轢《ひ》かれて死んでしまう！」と目をつぶったのだが――なぜか衝撃はなく、怪我もしなかった。

馬車に乗っていた男女は慌てて降りてきて、私を抱き起こした。その後、彼らは私を家に連れて帰って介抱し――血は繋がっていないけれど、娘として大切に育ててくれている。アンジェリカというこちらの世界での名前は、二人が考えて名づけてくれたものだ。

私の元の名前は、四ノ宮安奈。

通っていたのは日本でも屈指《くっし》のお金持ち進学校。

学校生活については割と覚えているのだが、家族関係のことになると……何も思い出せなくなる。少しモヤモヤするものの、気にしすぎても仕方がないので、あえて考えないようにしている。

学校で、私は生徒会長を務めていた。

忙しくて大変なこともあったけれど、楽しい学校生活だった。就任中はかなり頼りにされていたと思うし、私も周囲の期待に応《こた》えられるように、日々努力し続けた。誰だって、期待されれば頑張りたくなるものだ。

けれど――一人の転校生がやってきたことで、すべてが変わった。編入直後から嵐のように学校全体の話題をさらい、一人、また一人と生徒会のメンバーを奪っていった。

……奪ったという言い方には、かなり私の主観が入っているかもしれない。あの子に対して私がいい感情を持っていないから、どうしても責める感じになってしまうのだ。実際は、皆が私から離れて、彼女についたというだけ。

今思い出しても、ちょっぴりお腹が痛くなる。……この世界へやってきて一番よかったのは、あの子から離れられたことだろう。

彼女は、厳しい校則に異論を唱え、それを変えようと動いたのだ。皆がそれに賛同し、生徒会の役員たちは仕事を連日ボイコット。学校行事は滞《とどこお》り、裁決できない案件がどんどん溜まっていく。

私は必死に頑張ったけれど、その思いが通じることはなく、最終的には「生徒会長をやめてちょうだい」という嘆願書《たんがんしょ》まで届く始末。それまで、私は自分を割と穏やかな性格だと思っていたけれど、あの時ばかりは腸《はらわた》が煮えくり返った。

それでも結局、生徒会長の座を降り、さらに学校も辞めた。

まさか、日本での生活まで辞めるはめになるとは思っていなかったけれど……

「アン、まだなの？　ご飯が冷めてしまうわよ」

ドアの向こうから再度、お母さんの声がして、意識が現実に引き戻される。私がなかなか下りてこないから、心配してもう一度来てくれたみたいだ。

「はーい、今行くわ」

手早く三つ編みを作って、準備は完了。

部屋を出る前にカーテンを開けてみたけれど、窓の外に人は全然いなかった。太陽は昇っているものの、時刻はまだ五時前。人々が活動するには早い時間だから当然とも言える。

私たちの朝が早いのは、宿泊しているお客さんたちが起床してくる前に、自分たちの身支度や食事を終えている必要があるからだ。

宿泊——そう、うちはホテルなのです。名前は、「ホテルラフレシア」。

私たちが住む町の名前はクレーンポート。漁業が盛《さか》んな港町で、大きく三つのエリアに区分けされている。海に面していて、船乗りと貿易商が幅を利かせている港側、町の中ほどに位置し、商工会が幅を利かせている中央区、そしてもう一つはマフィアが幅を利かせている山側だ。それぞれに様子が違う。

ホテルラフレシアがあるのは、商店と宿泊施設が集中している中央区。この地区はいわゆる宿場町だ。船でいろいろな地方から旅人たちがやってくるので、ホテルラフレシア以外にもたくさんの宿がある。

港側には、素泊《すど》まりの安宿ならばチラホラある。一方、山側には一つも宿泊施設がない。

これには理由がある。昔から山側を仕切っているのはガリレーゼ・ファミリーと呼ばれるマフィアなのだが、彼らは外部の人間や組織が自分たちのテリトリーに関わることをほとんど許さないのだ。

そして最近、彼らには何か大きな事業計画があるという噂で……

まあ、それはひとまず置いておくとして、とにもかくにも、ホテルラフレシアは私たち親子三人で経営しているホテルなのである。

日本で生きていた私の感覚から言わせてもらえば、ペンションや民宿に近い規模なんだけど……この世界ではれっきとしたホテルなのよね。

三階建てで、一階にはフロントと食堂がある。二階はすべて客室になっていて、三階が私たち家族の居住空間だ。客室は八つで、いずれもツイン。料金は人数で加金される仕組みだ。

各部屋にトイレと、小さいながらもバスがついている。

宿代には朝食も含まれていて、一律同じメニューが出てくるのだ。

その内容は、お母さんが毎日作る、焼きたてのパンとスープ。スープはその時手に入りやすい材料で作るため、種類は決まっていない。あとはオムレツみたいな簡単な卵料理がつく程度だ。この世界では、これがごく一般的な、ホテルの朝食メニューである。

むしろ卵料理がつく辺《あた》り、サービスはいいほうだと思う。ホテルによってはパンだけだったり、スープもキャベツが少し浮かんでいるだけ、とかもあるみたいだし。

ランチの営業はしておらず、ディナーは予約制。調理担当はお父さんで、提供するのは、魚介類を中心としたメニューだ。

何といっても港町。それはもう、ピチピチのお魚が大量に手に入りますよ。

オーナー兼シェフでもあるお父さんの腕は一流で、もちろん、お肉料理も出している。

お父さんは元々、どこかの大きな料理店で活躍していたらしい。……のだけれど、あまりレパートリーを増やそうとはしない。

でもそれが、この世界のホテルの共通点と言える。同業者で会合を開くことも多く、情報交換もするのだが、どこも似たような状況だ。

うちのホテルのディナーも、味はいいけれど、ほとんど同じメニューのローテーション。

私は同じものを食べ続けていても飽きないタイプなので、さほど苦痛はないのだけれど……今までとはまったく違うメニューを生み出すのも楽しいんじゃないかな、なんて思ったりもする。

そのうち、お父さんに相談してみようかな。

そう考えつつ自室から出て、階段を下りる。足音でお客さんの睡眠を邪魔するわけにはいかないから、静かに、ゆっくりと。

一階に着き、木製のテーブルが並ぶ食堂に入ると、すでにお父さんとお母さんが、いつもと同じ席で私を待っていた。

テーブルには、お客さんたちに出す朝食とほぼ同じ料理が並んでいる。

「おはようございます、お父さん、お母さん」

挨拶《あいさつ》を交わし、お父さんたちと軽くハグし合う。

お父さんの頬にキスをすると、嬉しそうに笑ってくれた。

私は日本人だから最初は恥ずかしかったけれど、今ではすっかり慣れたもの。

「おはよう、アンジェリカ。今日のパンは格別に美味《うま》そうだよ」

「おはよう、アン。あなたはいつもお寝坊さんね。遅くまで本でも読んでるんでしょう。ほどほどになさい」

ニコニコと笑っているお父さんと、言葉とは裏腹に優しい笑顔のお母さん。

年齢はどちらも三十代半ばなのだけれど、二人とも若々しく、とてもそうは見えない。

微笑み返してから、私も自分の席に座る。

やった！　今日はオムレツだ。お母さんの焼くオムレツは柔らかくてほんのり甘くて、とても美《お》味《い》しい。優しい黄色が、お母さんの人柄を表しているようで、見ているだけで胸が温かくなる。

「さ、今日も女神さまの恵みをいただこう」

お父さんの声を合図に、手の指を組む。

お父さんやお母さんに教えてもらって知ったのだけれど、この世界は大昔から「女神の箱庭《はこにわ》」と呼ばれているそうで、女神を唯一神として信仰している。

教会にはあまり行ったことがないから、多分、うちのお父さんたちは熱心な信者ではないけれど、毎朝、女神様へのお祈りは欠かさない。

「我ら善なる子に恵みを与えてくださり、ありがとうございます。我らは、あなたの子。あなたの忠実な僕《しもべ》として今日も糧《かて》をいただきます」

「いただきます」

「いただきます」

お祈りが終われば、あとは食事を始めるばかり。

私は自分の皿にパンを取った。まだ温かい。小さめのコッペパンに似たそれは、日本で食べていたものよりも少しだけ硬め。

表面がパリッとしていて香ばしい。一口大にちぎって、バターを少し塗って食べる。

そして、今日のスープはキャベツのクリームシチュー。

そう、キャベツは、名前も見た目も、日本と同じ。

これに限らず、私の記憶にあるものと同じものが、この世界には割と多い。最初はその事実に驚いたものだ。

例えば、冷蔵庫や暖房器具などの家電。暖房はボイラー式だから、私から見るとレトロではあるんだけど、この世界では高級品に当たる。残念ながらうちのホテルにはない。

移動手段を挙《あ》げれば、車と汽車、そして船がある。

ただ、どれも私が知っているものよりもかなりレトロな造りで、なんとなく十九世紀終わりから二十世紀初めの西洋は、こんな感じだったのでは……と思う。

飛行機やヘリコプターなどはないけれども、飛行船の実験に関するニュースをたまに見るので、いつかは、人を乗せて空を飛ぶ機械が完成するのではないだろうか。

もちろん、前の世界になかったものも山のようにある。

その一つが魔法や魔術だ。使える人は限りなく少ないようだけれど。

あと、知性を持ち言葉を操《あやつ》る人間以外の生き物が普通に生息している。例えば人間の姿をしている悪魔とか、二本足で立ってしゃべるうさぎとか猫とか。

まだ見たことはないけれど、一口食べると、目の前にいる相手に恋をしてしまう果物の存在も聞いたことがある。

実はこの世界に来て間もない頃は、あまりにも自分の知識にあるものと同じ品物ばっかりだったので、異世界に飛ばされたわけではなく、タイムスリップではないかと疑ったものだが、おしゃべりする動物を見た時、「あ、これは違う……異世界だわ」と考え直したのである。

でも、知っているものが多くて本当によかった。

このスプーンですくったキャベツを、「これは何と呼ぶんですか？」と尋ねなくて済んだし。

そんなことを思いながら、キャベツを口の中に入れる。クリームで柔らかく煮込まれていてトロトロと甘く、とても美味《おい》しい。

朝と夜はまだ冷えるけれど、日中はだいぶ暖かくなってきたから、そろそろクリーム系のスープ

が出てくるのは終わりかな。

「お母さん、美味《おい》しい！」

「そう、よかった」

お母さんの優しい視線が、私に注《そそ》がれている。

あなたが大好きよ、と率直に語りかけてくれる目が私は大好きだ。

日本で一緒にいた家族のことを考えない日は一日もないけれど……残念ながら、彼らとどんな風に過ごしていたのか、ほとんど抜け落ちたように忘れてしまっている。

それはとても悲しくて寂しいことだけれども、嘆《なげ》いてばかりはいられない。

せめて毎日、私の家族であった人たちの幸せを願うだけだ。

どうか、どうか幸せに生きていて、欲しい――と。

私たちは朝食を終えると、テーブルを綺麗に片づけて、お客さんたちがいつ下りてきてもいいように準備をする。

朝食を提供する時間は特に決まっていない。とりあえず、朝の九時までに下りてきてくれれば順番に出すような形だ。

お母さんはキッチンに入り、お父さんは事務仕事に回る。

そして私は、ホテルラフレシアの看板娘として、お客さんのテーブルに食事を運ぶホールスタッフに早変わり。今日も一日家族のために頑張ります。

さっそく、階段を下りる足音が聞こえてきた。軽やか……とはほど遠い、のそのそとした重い足取りは、きっとあの人だろう。

「……お、おはよぉうございまぁすぅ」

生気を感じさせない、ヨレヨレの格好で、その人は挨拶《あいさつ》をしてきた。

きちんと梳《と》かせば絹のような黒髪は、ボサボサに乱れている。

……お仕事が忙しいのかしら。かけている眼鏡の奥の瞳が、完全に死んでいた。

まるで死んだ魚のように濁《にご》った瞳。あの瞳に希望の光が満ちることなんて皆無なんじゃないか、と思わず思ってしまうほどの闇を感じる。

くっきりついている目の下のクマは、昨日今日できたものではない。真っ直ぐ立てば、百九十にも届く長身なのに、肩を落とし背中を丸めているせいで、実際の身長よりもずっと小さく見える。

やせ気味で、ダブダブというか、かなりゆったりとした衣服に身を包み、首から上と手首の先くらいしか露出している部分はない。雪のように白い肌をし、腰下まである長い髪は、背中に垂らすような形で、一本に縛ってあった。

陰鬱《いんうつ》な雰囲気を背負うその男性は、きちんとメイクを施《ほどこ》せば、ビジュアル系ロックバンドにいそうな風貌《ふうぼう》だ。あるいは、ちゃんとした格好をしていたら、絶世の美男子だというのに……

生来の美貌《びぼう》は、半減どころか三割程度にしか感じられない。うーん、本当にもったいない。

「おはようございます、レノアさん」

レノアさんは、五年ほど前からの常連さん……というレベルを超え、うちのホテルの一室にもはや〝住んでいる〟男性である。

また、この人こそ、五年前に両親の乗った馬車の前に私を転がした外道《げどう》……もとい、いろんな意味での恩人である。

いや、人じゃないから恩人とは言わないのかもしれないけれど。

そう――彼は人間ではない。本人の言葉を借りると、千年間、誰もいない彼だけの空間に引きこもっていたという、鬼だか吸血鬼だか魔術師だか……そんな色々な人外的要素満載《まんさい》の人物なのだ。

だけど、見た目は他の人と何も変わらない。角《ツノ》や翼が生えているわけでもない。

私がホテルラフレシアの娘として生活するようになると、彼はちゃっかりホテルの宿泊客としてやってきた。それ以降、彼はここに住んでいるのである。

今でこそちゃんと宿泊代を払ってくれるので問題はないけれど、五年前はこの人、正真正銘の無職だった。

無職ということは、宿泊費を払う当てがない。

それでは困るのに、レノアさんたら……

「働きたくないですー。働いたら負けだと思ってますー。コミュニケーション能力なんか母の胎内にいた時に壊死《えし》しましたー。働くなんて、むーりー。千年も熟成した引きこもりなんですよぉうー」

などと駄々《だだ》をこね、人と関わる仕事なんて絶対に嫌だ！　と言っていた。

連泊するレノアさんに、最初はニコニコ笑っていた両親からも、少しずつ「大丈夫なのか？」という空気を感じた。それを表に出す二人ではなかったけれど、ふとした瞬間にわかるのだ。

だから宿泊がスタートしてから三ヶ月後、私はことあるごとにレノアさんに「働いてください！」と発破《はっぱ》をかけるようになった。その甲斐あって、レノアさんはどうにか重い腰を上げてお仕事を探す気になってくれた。しかし――

「誰にも会わないでいい仕事……引きこもってできる仕事……」

本当に全力で駄目なほうに力を入れていた。

今思えば、仕事を探そうとしてくれただけでも、上々だったのかもしれない。

いよいよ追い出してしまおうかと思っていた矢先に、それまで溜め込んでいた宿泊費を一括でバーンと支払ってくれた。

彼は小説家になったのだ。そして執筆した作品がヒットし、印税で払ってくれたわけである。

「お仕事、大変なんですか？」

力なく椅子に座るレノアさんに問うと、これまた力なく笑い返してきた。

「……締め切りなんて永遠に来なければいいのに……出版社なんて潰《つぶ》れればいいのに……担当がうっかり転んで膝小僧《ひざこぞう》を擦《す》り剥《む》いてしまえばいいのに」

「そうなったら無職に逆戻りですね。お金の切れ目が縁の切れ目……いえ、ただの独り言です」

「お仕事たのしーですー。締め切りなんて名称はやめてハッピーデーとかにすればいいと思いますー」

ただの独り言だったのに、レノアさんは先ほどよりもさらにぎこちない笑みを浮かべて、力なく握り締めた手を持ち上げた。「おー……」と、これまた消え入りそうな声を上げる。

「では、お食事を持ってきますね」

身を翻《ひるがえ》し、厨房《ちゅうぼう》にいるお母さんのところまで行って、朝食を載せたトレイを受け取る。レノアさんのテーブルまで運んでお皿を並べると、彼は遠慮がちな……いや、遠慮がちに見えるだけの笑みを向けてきた。

「ぼくはご主人公様の残飯《ざんぱん》で結構です、といつも言っているのにぃ」

「……」

冷たい目をしてみせたのに、レノアさんは嬉しそう。

私はため息をついて言った。

「あの……いい加減、そのゴシュジンコウサマっていうの、やめません？」

レノアさんは私のことを〝ご主人公様〟と呼ぶのである。何度やめてくれと言っても聞き入れてくれない。

「だってえ、ご主人公様はぼくの人生の中心……。ある人は言いました。己《おのれ》の人生という名のドラマの主人公は、自分だけなのだと。だけど、ぼくはぼくの人生の主人公には自分ではなく、ご主人公様になっていただきたい」

「謹《つつし》んでお断り申し上げます」

「そんなつれないところも、素敵です。可憐《かれん》なぼくだけのご主人公様」

二十代半ばの成人男性が、十五歳程度の女子に何を言ってんだか。

この人は出会った時からこの調子なんだけど……いつになったら、態度を改めてくれるのだろう。

お客さんだし、色々と恩があるから、強く言えないのが悩みどころだ。

「さあ、冷めてしまう前に食べてください。温かいうちが美味《おい》しいですから」

今朝は少し冷えるから、特にスープは湯気が立っている間に食べて欲しい。

「それでは、ご主人公様の手のぬくもりが消えないうちにいただきます」

「気持ち悪いです、レノアさん」

おっと、本音が漏《も》れた。

「ありがとうございます」

営業スマイルで言ってのけるも、彼のダメージはゼロ。むしろ、喜ばれてしまった。

レノアさんが食事を進めている間に、他のお客さんたちも部屋から出てきた。

今日は連泊する人はいないから、朝食を食べたらお昼前には出発するはずだ。

空き部屋を掃除して、ベッドの毛布を干して、それから……

次のお客さんが到着するまで、やることは色々ある。

特にお風呂とトイレは、念入りに綺麗にしないと。

やがてすべてのお客さんが食事を終え、部屋へ戻っていく。

食堂には、私とレノアさんだけが残された。レノアさんは日中、この食堂のほうがはかどると言って、ここでお仕事をするのだ。

基本的にディナータイムまではここを使うことはないので、彼のために開放している。

レノアさんはゆったりとした服の懐《ふところ》から巻紙と筆ペンを取り出すと、サッとテーブルに並べる。

こちらでは、何かを書く時に巻紙を使うのが一般的だ。

ちなみにパソコンはないけれど、タイプライターがある。

ところで、連泊のお客さんのお部屋も、事前に断った上で、お客さんが外出している間に掃除しておくのだけれど、レノアさんは例外だ。「自分でやるので入らないでください」と断られてしまっている。

そこはお客さんの要望に応《こた》えるようにしているので、結果として、レノアさんの部屋は五年間ほど、「開かずの間」みたいなものになっているのだ。

まあ、部屋で何かイケナイことをして床とか壁にダメージを与えていたら、本格的に出ていく時にちゃんと請求するから問題ないけれど。

巻紙に筆ペンを載せた途端、レノアさんの動きが止まる。

お仕事のお供に、何か欲しいのだろうか。

「お茶でも淹《い》れましょうか？」

「そんな……ぼくは一言、『この低能なゴミ屑《くず》野郎』と罵《ののし》ってくだされば、もうひと踏ん張りできそうなのですが」

「人様を臆面《おくめん》もなく罵《ののし》るような趣味は持ち合わせておりません」

……相変わらずで、本当に呆れてしまう……

その直後、ぼそりと低い第三者の声が割り入ってきた。

「――このゴミ屑《くず》野郎。左手は壊死《えし》させてもいいので死ぬ気で馬車馬《ばしゃうま》のように働き通してください、レノア先生」

顔を向けると、私よりも背が低くて、どこからどう見ても中学生くらいにしか見えない少年が入り口に立っている。燕尾服《えんびふく》にシルクハット、それに杖という、まさに貴族のような出《い》で立ちだ。

彼はツカツカと中に入ってくると、レノアさんの真横で足を止めた。

カン！　と杖で床を一叩き。その音に驚く様子は見せなかったものの、レノアさんの表情から完全に生気が消えている。

「ご機嫌よう、レノア大作家先生様。我が社からお願いしている玉稿《ぎょっこう》をいただきに馳《は》せ参じました。とっくに締め切りは過ぎているというのに、まだレノア大先生様が出してくださっていないようですので、何事かと思いまして」

帽子を取り、優雅に一礼。青みがかった黒髪。少女のような美貌《びぼう》。

誰にも恥じることなき美少年なんだけど……この人、この容姿で、もうとっくに二十歳を過ぎているんですって。

私は彼の方に向き直ってから挨拶《あいさつ》した。

「おはようございます、ノーチェスさん」

彼の名前はノーチェス。レノアさんがお仕事を受けている出版社の担当編集さんで、たまにこうやって進行状況を確認しにやってくる。

小柄で華奢《きゃしゃ》な身体つきなのだが、背筋がピンと伸びているせいか、少しも貧弱さは感じさせない。恐らく、上流階級出身なのだろう。振る舞いに品があり、いつも上品な生地の服を着ている。

そして何より、レノアさんに対してのみ、態度が尊大。

私や他の人に対しては、とても紳士的に接してくれる。

「おや、これは失礼、アンジェリカ嬢。うっかりレディへのご挨拶《あいさつ》を忘れるとは、紳士として何たる失態」

ノーチェスさんは、レノアさんに向けていた態度とは百八十度違う、柔らかな王子様みたいな笑顔で、私に返事をしてくれた。

「花束の一つも用意せずに顔を出した非礼をお許しください、レディ」

「ご主人公様を破廉恥《はれんち》な目で見るのはやめてもらおうか、鬼編集部員」

「口ではなく手を動かしなさい、大先生」

蔑《さげす》む瞳が鋭《するど》い。道端に落ちている石ころだって、もう少し温かい視線を向けてもらえるだろう。

「……うう、どうせならご主人公様にそういう目で見てもらいたかった」

「うわあ、気持ち悪い」

机に突っ伏したレノアさんを見ながら、ノーチェスさんが真顔で言いきった。

「ああ……鬼がやってきた。早朝からやってくるなんて……帰ればいいのに……出版社に帰ればいいのに……ちびっこのくせに超怖い……ちびっこのくせに……」

レノアさんはいつもマイペースな人なのだが、例外として苦手にしているのが、このノーチェスさんだ。

ノーチェスさんの弁護をしておくと、他の作家さんにはこんな態度ではないらしい。

……そう。レノアさんに対しても、最初はもっと穏やかに接していたし、暴言だって吐かなかった。いかにも育ちのよさそうな好青年という感じで……

それが今では、これである。

締め切りを破りに破るレノアさんのせいで、色々と歪《ゆが》んでしまったのだ。

「他の出版社の担当は、もっと生温かい目で見守ってくれているのに！」

「フン。見守って作品が出来上がるなら、いくらでも見守りましょう。だけど、どこぞの作家が締め切りを破り続けているものですから、逃げられる前に様子を見に来たわけですよ。わざわざ、このぼくが！」

「……締め切り破るっていっても、ちょっとだしー」

不満そうに語尾を伸ばして、唇を尖《とが》らせるレノアさん。

「一秒でも破れば万死《ばんし》に値するんですよ」

「厳しい！」

「約束した納期を守るのは、社会人として当然のことでしょう。締め切りを破る作家なんて、地獄に堕《お》ちればいいのに。社会的に破滅すればいいのに」

「うう……暴言編集部員め……地獄の番人とて、これほど口は悪くないだろう……うう」

ノーチェスさんはレノアさんの文句を、ハッと鼻で笑い飛ばす。

「というか、だいたい、どこがちょっとなんですか？　口に出すのも憚《はばか》るような日数を破っている分際で。破りに破って、これ以上延ばせない最後のラインも、これだけ破って。ハッ。何ですか、この量は。舐《な》めているんですか。ぼくにはもう、印刷所に対する言い訳が思いつきません」

テーブルに置かれていた巻紙を取り上げ、ザッと中身を確認したノーチェスさんが……こめかみに血管を浮き上がらせる。

同情の目で見ていると、ノーチェスさんと視線が合った。

「アンジェリカ嬢も大変ですね。あ、ミルクティーをお願いできますか。砂糖はたっぷりで。お代は先生につけてください」

レノアさんの向かいにノーチェスさんが腰を下ろす。

「うう……横暴《おうぼう》だ……でも、そんな扱いもご主人公様がしてくれたのだと思えば……ふふふ」

「私は無関係ですよー」

注文を受けたのでキッチンへ下がる。お母さんは私たちの会話を聞いていたらしく、紅茶を淹《い》れる準備をしてくれていた。

「あと少し蒸《む》らせば、出せるわよ」

「ありがとう、お母さん」

お茶《ちゃ》請《う》けにクッキーを出してもいいかと尋ねると、他のお客さんもいないことだしＯＫ、とお許しが出た。

クッキーは、食感こそ私が元々知っているものとよく似ているのだが、甘さはかなり控えめだ。こちらの世界の人たちが甘さ控えめを好んでいる、というわけではない。砂糖が高級品で、少ししか使用していないからだ。おかげで、デザートには砂糖を使う焼き菓子などよりも、そのままでも甘くて食べられる水菓子《みずがし》、つまり果物を出すことが多い。

クッキーを取り出してお皿に並べていると、お母さんが耳打ちをしてきた。

「あの小さな編集部員さん、今日からうちに宿泊ですってよ」

「え？」

驚いてお母さんの顔を見る。

「昨日の遅くに、予約の電話が入ったの」

「あ、今日から連泊予定のお客さんて、ノーチェスさんだったんだ」

家族用の連絡板に、連泊予約が入っていると書かれていたけれど、ノーチェスさんのことだったのか。なるほど。痺《しび》れを切らして、近くで監視することにしたのね。

日本でも、編集者に見張られたまま原稿を執筆した作家の話を聞いたことがあるけれど……いわゆるカンヅメってやつだろう。

今のところレノアさんは、今日から自分がノーチェスさんの監視下に入るという事実を知らないはずだ。知った時、どんな顔をするのかな。

かわいそうなような……うーん、そうでもないような。

レノアさんには悪いけれど、お客さんが一人でも増えることはホテルとしてもありがたいことだ。

紅茶とクッキーを載せたトレイを運び、テーブルに置く。

あとはお仕事の邪魔にならないように、厨房《ちゅうぼう》に下がるだけ。

「ご主人公様がいてくださったほうが元気百八倍になるのですが」

煩悩《ぼんのう》の倍数だけ元気になるのか。というか、仏教の考え方を知っているの？　相変わらず謎である。レノアさんのような人物は、除夜《じょや》の鐘を聞き終えたら浄化されて消えてしまう気さえしてくる。

この世界にお寺がなくてよかったね、レノアさん。

彼の発言は無視して、私はその場を後にした。

でも、ああ見えて人気のある作家だから、頑張ってほしいものだ。

ノーチェスさんはきつい言い方をするけれど、あれはノーチェスさんとレノアさんの間に確かな信頼関係があるからだし、ノーチェスさんが本当はレノアさんにとても心を砕《くだ》いていることを、私は知っている。そうでなかったら、とっくに見捨てていてもおかしくない。レノアさんだって同じだろうから、もう少し素直になって、ノーチェスさんのことを気に入っていると伝えればいいのに。

ちらりと、テーブルで頭を抱《かか》えているレノアさんを見る。千年間、一人きりで引きこもっていた、本当はとても寂しがり屋な人を。

＊＊＊

「お父さん！　あの雲、見て！　すごく白い！　大きい！」

お父さんと一緒の買い出しは、私にとって大好きなお仕事の一つ。

今日は港に行商船がいっぱい停泊しているって聞いているから、たっぷり買い物をするのだ。魚がたくさん獲れるのはいつものことだけど、遠方からの行商船で、何か珍しいものが手に入るかもしれない。

仕事だから主に食料品が目当てだが……他に何があるのかを考えると、わくわくせずにはいられない。

「こら、アンジェリカ。女の子なんだから、もう少し……いや、女の子でもこのくらい元気なほうがいいか」

注意をしようとしたお父さんだったけれど、結局は困ったように笑って大目に見てくれた。

お父さんは美形ではないものの、一定数の女性に絶対人気があったと思える、雰囲気のある男性だ。清潔感があって、穏やかな空気に包まれている感じ。

「アンジェリカ、おいで。せっかくのデートだ。お父さんと、手を握ってくれないかい」

お父さんが大きな手を差し出す。柔らかく笑うと、お父さんの目元にはうっすらと皺《しわ》ができた。

私に拒《こば》むという選択肢はない。

「もちろん！」

手を握るどころか、お父さんの腕にしがみついた。周りからは笑われたけど、気にしない。私たちは仲良し親子なのだ。

「そういえば、作家先生のお仕事の進み具合はどうなんだろうか？」

「うーん。どうにかこうにかやってるみたいだけど……」

レノアさんのもとにノーチェスさんがやってきてから早《はや》五日。レノアさんはお尻を叩かれ蹴られ、ヒンヒン言いながら執筆《しっぴつ》しているようだ。おかげで、私もレノアさんからちょっかいを出されることなく、比較的平和な日々を過ごしている。

「そうか、無事に終わるといいんだけど」

「そうだねぇ」

知り合いにも、レノアさんの作品のファンは多いので、ぜひファンのためにも頑張ってもらいたいところだ。

港に近づくと、朝早い時間にもかかわらず、見事に賑《にぎ》わっていた。競《せ》りでもしているのか、至るところで威勢のいい声が上がっている。

「いつも通り、まずはお魚だよね？」

「そうだね。大量に買って、塩漬けにでもしようか。ビネガーに漬けるのもいいね」

うちはディナーの時間帯にはちょっとだけお酒も出す。ビネガーで漬け込んだ魚などは、ちょうどいいつまみになるようだ。

ちなみにこちらでは、飲酒は十六歳から認められている。私は今、十五歳で通しているので、次の誕生日――私がお父さんたちに拾われた日が来たら、晴れて飲酒ができるようになる。

その時にはぜひ蜂蜜酒《はちみつしゅ》を飲んでみたい。以前、お父さんたちに連れていってもらったお芝居で、主人公が蜂蜜酒《はちみつしゅ》を飲む場面があり、とても美味《おい》しそうだったのだ。

「そういえば、山側のほうに新しいホテルができるんだって。うちのクラスの子が話していたわ」

クラスというのは、私が通っている学校の話だ。この世界の子供は、日曜日に学校へ行くことになっている。

六歳から十六歳までに読み書きと、簡単な計算や常識を学習する義務があり、それ以上の教育を望む場合は、日本でいう私立のような学校に進学しなければならない。お金持ちの子たちは、日曜以外にも学校に行っているようだけれど、うちはさほど裕福な家庭ではないので、日曜学校で十分。

そもそもこの世界では、簡単な読み書きや計算などは、家で家族に教わるのが一般的なのだ。

私は日本で義務教育を終えていたし、高校でも学力に問題はなかったので、こちらの世界でも苦労することはなく、常識を学ぶ程度で済んだ。

もっとも、異世界出身の私にとっては、それが一番重要なことなんだけれどね。

言葉や文字についていうと、私はこちらの世界にやってきた時点ですでに、この国の言語で会話することができた。文字の読み書きも同じ。明らかに日本語とは違うのだけど、頭の中で自動的に、そして瞬時に通訳されるようなイメージだ。

時間や月日の数え方は前の世界と同じだった。

季節については、四季という概念があり、特に夏が長い。

雨は降るけれど、梅雨《つゆ》みたいに長い期間降り続くことはない。

冬は短くて冷え込みが厳しく、雪もかなり降る。

「ああ、その話なら聞いているよ。もう建設が始まっているんじゃなかったかな。うちからはだいぶ離れているから詳しい話は入ってこないけど、とても大きなホテルらしいね」

私たちのホテルから山側に行くには、馬車かバスを利用する必要があり、バスでも到着まで二時間近くかかるため、滅多《めった》に足を運ぶことはない。

情報通のクラスメートも、お父さんと同じことを言っていた。今までにないくらいの規模だという。

「気になるね」

お父さんを見上げて言うと、にこりと笑い返された。

「そうだね。一度くらいは見てみたいものだね」

「……あと、ホテルと一緒にテーマパークもできるんだって」

巨大ホテルの建設だけでも驚くべきことなのに、近くにテーマパークまで作っている最中だというのだ。大きな遊具がいくつもできるようで、その組み合わせは、多くのお客を呼び込むに違いない。同じホテル関係者としては、かなり気になる話だった。

「知ってるよ。何でも、客を乗せてすごい速さで動く遊具が売りらしい。名うての魔術師でも雇《やと》ったのかな？　きっと、楽しい場所になるだろうね」

「もう。お父さんたら、のんきなんだから。何だっけ……えっと、会社名はロケットヒーローズ社だったような……」

「そうそう。アンジェリカはよく新聞を読んでいるね。偉いなぁ」

お父さんが頭を撫《な》でてくれる。

新聞から得た情報と、友達から聞いた情報を合わせて考えた結果言えるのは、新しいホテルとテーマパークを経営するのは、ロケットヒーローズ社という貿易会社だということ。

ロケットヒーローズ社は、数年前にできたばかりの新しい会社で、規模はさほど大きくないけれども、業績がすごくいいらしい。そこの社長がまだとても若いという話を聞いたこともある。

問題なのは、あのガリレーゼ・ファミリーが目を光らせている山側にホテルを建設している、という点だ。

どういった経緯でそうなったかわからないが、油断ができないことだけは、わかる。ホテルとしてライバルになるわけだし、マフィアと関連のある危険な会社かもしれない。

……私としては、実はもう一つ気になっていることがあるんだけれど、それはお父さんには話せないことなので黙っていた。

「まあ、色々と思うことはあるけれどね、ぼくたちはぼくたちで頑張るだけさ。なあに、もしホテル経営が難しくなっても、身体さえ健康ならばどこでも生きていけるから大丈夫」

「本当にのんきねぇ、お父さんは」

「肝《きも》が据《す》わっていると言ってほしいなぁ」

「ふふふ」

目的の場所に着いたことで、話は一旦打ち切ることに。

波止場《はとば》に足を踏み入れると、潮の匂いが一気に強くなる。朝日が反射して、海が黄金色《こがねいろ》に輝いていた。その海の上に、碇《いかり》を下ろした船がいくつも停泊《ていはく》している。

真っ青な空に浮かぶ白い雲。カモメの鳴き声。

私たちが真っ先に向かったのは、台車を貸してくれるレンタルショップだった。

台車に荷物を乗せて帰り、荷物を運び終えたら自分の店の前に置いておく。すると、しばらくしてからレンタルショップに雇《やと》われた子供たちが回収しにくるという、便利なシステムが港にはあるのだ。

「おはようございます、おば様」

「おや、アンジェリカ。ますます綺麗になって。お父さんのお手伝いかい？」

レンタルショップの店番をしている初老の婦人とは、もうすっかり顔なじみになっている。

「おはよう。こっちの台車を借りていいかな？」

お父さんが声をかけると、おば様は笑顔で「おはよう、ミスター」と返事をした。

この世界の商人たちは、男性客に対してはたいてい「ミスター」と呼びかける。たまに「旦那」「兄弟」といった言葉を使う人もいるが、いずれも親しみや好意が込められている。

「ああ、こっちの台車は油を差したばかりだから走りが軽いよ。さすが、お目が高い」

「ありがとう」

「そういえば、ミスター。市場の北側に、新しい貿易店ができたそうだよ。色々と珍しい乾物《かんぶつ》やら穀物を扱うようだから、興味があったら見てみるといいよ。なんでも、魚や海藻《かいそう》を干したものがあるらしい。そんなものが美味《うま》いのかどうか、知らないけどね」

「へえ。それは興味深い。素敵な情報をありがとう。女神のご加護があらんことを」

お父さんはレンタル代金を払い、台車を引く。誰とでも気さくに話すお父さんには、色々と情報が集まってくる。先ほどのおば様のように、珍しい商品や新しい店の話を、皆が教えてくれるのだ。

台車は軽くて丈夫な、木でできた四輪タイプ。お父さんが取っ手を掴んで前から引っ張り、私が後ろから押すスタイルである。

お父さんと私は、馴染《なじみ》の卸《おろ》し屋さんのところに行って、いつもと同じように、大量の魚をはじめとする食材や、日用品を買い込んでいく。

活気に溢《あふ》れ、ガヤガヤと賑《にぎ》わいのあるこの港が、私は大好きだ。

少し離れたところから、競《せ》りの声が聞こえてきた。

その内容を聞いた私は、お父さんの服を引っ張る。

「お父さん！　お砂糖があるって!!」

「何だって？」

お父さんの顔が、喜びでパッと明るくなった。この世界ではお砂糖は高級品。町の中にあるお店にもお砂糖は売っているけれど、割高で、あまりたくさん買うことができないのだ。

その点、ここで行商船から直接買い取れば、いくらか安く手に入る。

私も台車を押す手に力を入れながら、急いでお砂糖の売り場へ向かった。

「とびきり上等の砂糖だよー！　上質な甘さが自慢だ！　しかも、今年は砂糖の原料が大豊作だから安いときたもんだ！　さあさあ、買った買った！　この品質で、この値段！」

いくつも積み上がっている大樽《おおたる》の前で、恰幅《かっぷく》のいいおじさんが声を張り上げている。

隣にはアシスタント係のお姉さんがいて、集まった人たちの掌《てのひら》にほんの少しお砂糖を載せ、試食を勧《すす》めている。私もお父さんも手を出してお砂糖をもらった。

「……これは、ううん……」

「甘い！」

雑味のないそれは白糖ではなく、三温糖《さんおんとう》だった。これは確かに上質だ。

おじさんが売っている砂糖は価格もかなりお値打ちだと思う。

お父さんと顔を見合わせ、ほぼ同時に大きく頷《うなず》いた。

「樽《たる》三ついただこう！」

たとえお財布の残りがゼロになろうと、この決断には大きな価値がある。

砂糖は賞味期限が非常に長く、保存状態さえよければ、いつまでも食べることができるという。

これだけの量があれば、普通に使っても来年……いや、再来年まで持ちそう。

新しいホテルの話で少し気持ちが沈みかけていたけれど、この買い物のおかげで、私の機嫌はぐっとよくなった。

我ながら、ちょっぴり現金かも。

この砂糖が、のちにホテルラフレシアの危機を救ってくれることになるんだけど……そんなことなど、この時の私たちは知る由《よし》もない。

＊＊＊

「アンジェリカ。お前んとこのホテル、景気はどうだ？　相変わらず、ちっせーから大したことないんだろうが……それなりにやってるのかよ？」

学校で帰りの支度《したく》をしていると、クラスメートのギルバートに声をかけられた。

彼は町の中でも特に大きな商家の息子だ。

同い年の男の子たちと比べても背が高く、身体つきだってしっかりしている。いつもオシャレで高級な服を着ていて、おまけに目鼻立ちの整った美少年なのだが、言うことがちょっとだけおっさんくさ……いや、大人びている。背伸びしたいお年頃なのだろう。

彼は結構口も悪いのだけど、精神的に大人な私は笑って許しちゃうのだ。

「ええ、おかげさまで。そこそこ頑張っているわ」

にっこりと微笑んで、彼の頬を摘《つ》まむ。あら、案外柔らかい。お餅《もち》みたいだわ、と思いながら引っ張る。

「ひえ、てめ、やめりょよ」

「もっと大きな声で言ってくださる？　ちっせーホテルの娘ですので、大きな声で言ってくださらないと聞こえないのよ？」

「……うう、ごめんよぉおおお」

「はい、よくできました」

お餅《もち》のようによく伸びる彼の頬を、ちょっぴり名残惜《なごりお》しく思いながら離してあげた。ギルバートは涙目で頬をさすっている。

「……ひでぇ女だな、お前は。俺にこんな乱暴なことするのは、お前くらいだぞ」

「え？　私、何かやったかしら？」

「別に、いいけど。で、本当のところ、どうなんだ？　大丈夫か？」

ギルバートは顔を寄せて、さっきよりも小声で話しかけてくる。最後の言葉に、彼なりの気遣いを感じて、心がほっこりした。

昔は喧嘩《けんか》したこともあったけれど、そのおかげで彼と仲良くなれたと思っている。それに、喧嘩《けんか》といっても大したことではない。

五年前、学校に転入してきた私に、いわゆる悪ガキだったギルバートが突っかかってきたのだ。そして私は彼を返り討《う》ちにした。

私の自慢の赤い髪を「変な色」と馬鹿にしたから、睨《にら》みつけて地べたに座らせて説教してやると、翌日からは大人しくなったのである。

どうして男の子って、転校生の女の子をからかう生き物なんだろう。

でも、振り返ってみると、私も大人げなかったと思う。だけどこうして仲良くなれたのだから、結果オーライと言えるだろう。

私は笑ってギルに言った。

「一緒に帰らない？　歩きながら話したいわ」

「えっ？　お、俺とか？　一緒に……帰るのか？」

「嫌かしら？」

「い、いや、嫌じゃねぇよ。や、ほら、二人きりで帰ったら余計な噂が立つかもなぁ、と思って。お、俺は別にいいんだけど！」

「あ、じゃあ他の子も誘う？　えっと……」

ギルバートも多感なお年頃だもんね。特定の女の子と噂になるのは避けたいのかも。

一緒に帰ってくれそうな、仲のいい女の子を探して視線を巡《めぐ》らせていると、ギルバートに手首を握られた。

意外な力強さに、ちょっとだけ驚く。

「……べ、別に二人でいい」

「……？　じゃあ、帰りましょう」

「う、うん」

どことなくギルバートの顔が赤いのは、窓から入る太陽の光のせいだろうか。

お互いの家に帰る道すがら、先ほどの話題になる。

「それで、どうなんだ？　お前んとこのホテルは」

やけにうちのホテルの経営状態が気になるらしい。まあ……当然かもね。最近、うちに限らず、ホテル関係者たちはざわついているから。

原因はわかっている。山側にできた、あの巨大ホテルだ。

以前、買い出しの際にお父さんと話していたけれど、ホテルと、隣接するテーマパークが完成し、クレーンポートの話題をさらっている。

マフィアが管轄しているため、今まで山側には、カジノなど大人向けの娯楽施設しかなかった。

それが一転、子供向けの遊び場ができたのだ。大人しか取り込んでこなかった山側が、家族層をターゲットにし始めたのだから、大きな変化だった。

しかも、ホテルやテーマパークは、カジノからだいぶ離れた場所に建てられており、子供たちが悪い遊びを覚えないように配慮されている。

山側を取り仕切るマフィア――ガリレーゼ・ファミリーは歴史あるマフィアで、裏では政治にも通じているのだとか。最近代替わりの話が出ていて、ファミリーの方針が少しずつ変わり始めているという話も聞く。そしてその影響なのか、今までギャンブル町だった山側に、巨大なホテルがデーンと建ってしまったのである。

その名前は、ホテル・コッソアーロ。ガリレーゼ・ファミリー……ではなく、ロケットヒーローズ社という貿易会社が経営する巨大ホテル。

それまでは、ほとんど無名の会社だったのだが、ホテル・コッソアーロに関する話が出回り始めた頃から、何かと耳に入るようになった。小さいながらも業績がかなりいいらしい……なんて話を聞くようになったのも、この頃からだった。

あの山側にホテルを建てることができたのだから、ガリレーゼ・ファミリーに特別なパイプがあるのか、あるいは大量のお金が流れたのか……

どちらにしろ、ガリレーゼ・ファミリーと深い関わりがあるのは間違いない。

聞くところによると、ホテル・コッソアーロの客室は百室に及び、大浴場にサウナ、カジノバー、レストランを完備しているのだとか。

百室を有するホテルを私たちがどう感じるかというと、ホテルラフレシアが八部屋しかないことを考えれば、わかりやすいのではないだろうか。

ラフレシアが小さいのでは、と思われるかもしれないが、こちらの世界では、そのくらいの数が普通なのだ。トイレと浴室が客室ごとにきちんとあるから、うちは割といいホテルなんだけど……それでも、さすがにコッソアーロとは比べ物にならない。

コッソアーロの宿泊料金は、庶民向けと呼ぶにはやや高めに設定されている。でも、施設の充実度を考えれば、それも当然のことだし、またその強気の値段が高級な印象を与え、金まわりのよい人たちや、少し贅沢《ぜいたく》をしたいという客に受けているのだとか。

しかも、オープンから最初の一週間は、通常料金の半額で利用できると大々的に宣伝されていた。

おまけに、隣接したテーマパークの入場券もつくという大盤振舞《おおばんぶるまい》。

その後も、レストランと大浴場、サウナは宿泊者以外にも有料で利用できるようになっている。

その上、テーマパークの入場券の半券があれば、いずれも割引してもらえるのだ。

新聞でも大きく取り上げられていたので、ホテル・コッソアーロには、クレーンポートのみならず他の町からも続々とお客さんが押し寄せているという。

驚くことに、ロケットヒーローズ社の経営者はとても若いそうだ。新聞に名前が出ていたけれど、何という人だったか……

とにかく――予想以上に、例のホテルの影響は大きかった。

ホテルラフレシアも、客足が以前より明らかに減った。客があちらのホテルに流れているのだ。

今は目新しさに飛びついているだけなのかもしれないけど……この状況が続くのは、正直かなり辛い。

本来であれば、そんなことは外部の人間に話すべきではない。それでも、彼が私の級友として心配してくれていること、また、同じ町で商売を営《いとな》む家の息子として気にしていることもわかるから、ほんの少しだけ胸の内を明かした。

私はギルバートのほうに意識を戻して言った。

「頑張ってるわ。でも、そうね。正直に言うと、少し思わしくないかも」

ギルバートも、お店の取引先などからホテル関連の話題を色々と聞いているはずだ。

「……そうか。やっぱりな。うちで取り扱っている商品も……あのホテルがたくさん買ってる。かなり大口の商売相手だよ。お前のところのホテルも、その……気をつけろ」

「そう……うん、わかった。それを言うために声をかけてくれたの？」

ギルバートは「うん」とは答えなかった。でもきっとそうに違いないと思った。

「私も看板娘として、気合を入れ直すわ。ありがとう、ギル」

「……まあ、どうしようもなくなったら……俺を頼れよ。……ち、力になるから」

「ありがとう。でも、できる限り自分たちの力で頑張るわ」

「……本当にどうしようもなくなったら、言えよな」

「うん。嬉しい。ギル、きっと将来いい男になるわよ」

「え？　お？　そ、そうか？」

「そうよ。だから、誰に恋をしているのか知らないけれど、当たって砕《くだ》けてみればいいと思うわ」

アドバイスした途端、ギルバートの顔が真っ赤に熟《う》れたトマトのようになった。

「砕《くだ》けてたまるか！　いや、そうじゃなくて、べ、別に俺は好きな女なんか……！」

「あら、そうなの？」

最近、特にオシャレに気を遣っているみたいだし、何となく、誰かに恋をしているのではと思っていたんだけど……うーん、外したか。

それとも、隠しているのかな。話してくれたら、友達として応援してあげるのにな。残念。

「……おっと、じゃあ、俺はこっちだから。父様の言いつけでちょっと寄るところがあるんだ。最後まで送ってやれなくて、悪いな」

「ううん、気にしないで」

送ってやれなくて悪いだなんて、キザなことをさらっと言えるのだから侮《あなど》れない。

手を振って別れを言う。

自宅はもうすぐそこだから、ギルバートが心配するほどのことはない。私は普段、一人で登下校しているわけだし。そうして私が一人で歩いていると――

「ご主人公様ぁああ～～～!!　ご主人公様ぁあああ～～～～!!」

向こうから大きく手を振りながら、大声を上げている人が見えた。

――逃げたい。周囲の人たちに、知り合いだと思われたくない。

だけどやはり、一直線に向かってくる背の高い青年が目指しているのは他の誰でもない私らしい。

通行人から突き刺さる視線が痛い……！

「ああ、ホテルの外でご主人公様に会えるなんて奇跡ですね。さすが、運命の赤い荒縄《あらなわ》で結ばれているぼくたちです～！」

私を変わった名称で呼ぶのは、もちろんレノアさんである。私の目の前で足を止めた。

「帰りがけのご主人公様も、何とも愛らしく美しい。あの、その、下校中というフレーズはちょっぴりいけない気分に……」

「ごきげんよう、アンジェリカ嬢」

一方的に話すレノアさんの言葉を遮《さえぎ》ったのはノーチェスさんだ。にこやか且《か》つ紳士的な笑顔で会釈《えしゃく》をしてくれた。レノアさんの暴走を止めるためについてきたらしい。

私もレノアさんの発言には返事をせず、ノーチェスさんに頭を下げる。

「ごっしゅじんこぉさまぁあああ～～～！」

両手を広げて今にも抱きついてきそうなレノアさんの服を、ノーチェスさんのもみじみたいな手がガシリと掴《つか》んだ。

「待て、ですよ、レノア大先生様。うちの仕事をしている間、犯罪を起こしてもらっては困るのです。スキャンダルは絶対にNGですよ。捕まったりしたら売り上げに響くどころか、絶版です」

「犯罪？　ぼくのどこが犯罪を起こしそうだとー？」

「未成年に抱きつこうとする成人男のどこが、犯罪者ではないと言えるのですか」

「愛があれば乗り切れる！」

「一方的な愛など迷惑以外の何物でもありません！　まったく……」

言い合っている彼らを改めて見る。

気分転換にお散歩でもしていた、というところだろうか。連日の執筆とその監視で、二人とも目の下にクマができているのは一緒だけれど、その身だしなみは雲泥《うんでい》の差だった。

髪の一本一本にまで神経が行き届いているノーチェスさんに対して、レノアさんのもっさり加減はいつも以上。本当は美貌《びぼう》の持ち主なのに、もったいない。

身だしなみをちゃんとして、中身ももう少しまともだったら最高なんだけどね……

それにしても……

この二人でラフレシアの宣伝ポスターを作ったら、すごく効果がありそう。ギルバートもいれば、もっと見ごたえのあるものになると思う。

「先ほどの少年は、アンジェリカ嬢のご友人ですか？」

ノーチェスさんが尋ねてきた。

「はい。クラスメートのギルバートです」

一緒にいたところを見ていたらしい。

ノーチェスさんは少し面白がるような、それでいて意外そうな目を、私とレノアさんに交互に向けた。

「レノア大先生のことだから、アンジェリカ嬢が同じ年頃の異性と一緒にいるところなんて見たら、大騒ぎすると思っていましたが……意外と冷静ですね。つまらない」

「そんなこと、するわけがないでしょ。ぼくはクールな大人の男ですよ」

ようやくノーチェスさんがレノアさんの服から手を離すと、レノアさんはえっへんと胸を張ってみせる。

「それに、先ほどの少年など生まれたばかりの赤ん坊みたいなものじゃないですかー。そんな男女の性別もわかるかわからないかの存在に、ぼくが心を乱されるわけがないでしょー」

どの口が言うのだろう……

私とギルバートはたびたび一緒に登校をしたり、お遣《つか》いで相手の家に行き来したりする。そのため、レノアさんとギルバートは何度も顔を合わせているのだが、二人は初めて会った時から相性が悪い。

レノアさんには、特定の人物以外は道端の石ころ程度にしか思っていない節《ふし》があるのだが、ギルバートに対しては敵意剥《む》き出しなのである。そういう意味では、ギルバートもレノアさんにとって特別な存在なのかもしれない。

ギルバートも一方的にやられるような大人しい性格ではないから、二人は顔を合わせると喧嘩《けんか》で始まり、喧嘩《けんか》で終わるような関係だった。

ノーチェスさんと目が合うと、彼はやれやれといった顔をした。

「何を言ってるんですか、レノア大先生。アンジェリカ嬢は十五歳。ご学友となれば、同じ年頃でしょう。十五歳の少年と言えば、青春真っ盛りですよ。男子たるもの、好きな女性にアプローチの一つや二つ行うものです」

そっか、ノーチェスさんはレノアさんが少なくとも千年以上生きているということを知らないんだ。

千歳超えのレノアさんから見たら十五歳程度のギルバートは、生まれたての赤ちゃんとさほど違いがないのかもしれない。

ノーチェスさんの言葉にレノアさんはきょとんと目を丸め、少し考え込む。それから、こくんと一つ頷《うなず》いた。そして珍しく、爽《さわ》やかに微笑む。

なぜかすごく嫌な予感がした。

「よし。ちょっと所用ができましたので、ぼくはこの辺で。さあ、あの子豚少年め、どこへ行った？」

「レノアさん、待った！」

「ストップです、犯罪者予備軍作家！」

私とノーチェスさんは、レノアさんの服を掴《つか》んで彼の動きを止める。

この手を離したら最後、罪のない級友の命が危《あや》うい。

「離してください、ご主人公様ぁあ！　ぼくは奴からご主人公様の純潔《じゅんけつ》を守ろうと思ってぇ～」

「やめてください。ギルバートはただの友達ですってば！」

私のせいでギルバートに何かあったら、ご両親に顔向けできない。

ギルバートは将来、家業を継《つ》ぐ大事な身体なのだ。今はまだ多少やんちゃなところはあるけれど、彼はいい男に成長するはず。

「アンジェリカ嬢。そんな言い方では駄目ですよ。気遣いなど忘れてしまいましょう。すっこんでろ、タコとでも言ってやればいいのです」

氷のように冷たい眼差《まなざ》しで、ノーチェスさんは吐き捨てる。

きっとレノアさんのカンヅメ作業につき合って、いつも以上に精神が荒《すさ》んでいるのだろう。

いつもの、品のよい好青年の面影《おもかげ》はどこにもない。すっこんでろ、なんて乱暴な言葉、彼は使わなかったはずなのに。

「ご主人公様からの罵倒《ばとう》ならば、いくらでも受けます。さあ、罵《ののし》って！」

ほんのり頬を染めながら言うレノアさん。

「お黙りなさい。あんた、十五歳のレディになんてことを言ってるんですか？　まったく、息抜きに連れてきたぼくが馬鹿でした。はいもう、息抜き終わり。腱鞘炎《けんしょうえん》になるまで原稿です」

「なんて非道な！　作家いじめだ！　訴えてやる！」

「訴えたかったら締め切りを守りましょう。締め切りを守った時にレノア大先生の人権は戻ってきます。なあに、簡単なことですよ。約束の時間を守るなど、大人ならば誰にだってできることです」

……うわあ。容赦《ようしゃ》ない。守れないから、今こんな状況に追い詰められていることがわかっていながら、ピンポイントで攻撃するんだから。まあ、レノアさんに同情の余地はないけれども。

「アンジェリカ嬢。この変態……いえ、大作家先生はぼくが責任を持って部屋に連れて帰るので、アンジェリカ嬢もお気をつけて帰ってきてください」

ノーチェスさんは、その小さな身体からは思いもよらぬ腕力を発揮して、嫌がるレノアさんをズルズルと引きずっていく。

あ、そうだ。

「そういえば、今夜の夕食はノーチェスさんが褒《ほ》めてくださった鶏肉の香草焼《こうそうや》きですよ」

去りゆく背中に声をかけると、ノーチェスさんは肩越しに振り返り、嬉しそうに笑った。

「それは嬉しい。あの料理は、絶品でしたからね」

ホテルラフレシアのディナーメニューのメインは魚が多いんだけど、ノーチェスさんのように肉料理を褒《ほ》めてくださるお客さんも多い。

二人がいなくなって、一気に静かになった。私は肩を落として、ふう……と息を吐く。

慌ただしかった……

「息抜きか……私もちょっと寄り道していこうかな」

今日の宿泊者の数を考えても、私が急いで帰らないといけないことはなさそうだし。

少しだけ、遠回りしよう。

考えたいことも、色々あるし。

例えば――そう、激減してしまったお客さんをどう取り戻すかってこととか、ね。

「……うーん」

日が落ち、ディナーの時間に食堂へやってきたのは、レノアさんとノーチェスさんだけだった。

二人は同じテーブルで、料理に舌鼓《したつづみ》を打っている。

今夜のメインディッシュは告知していた通り、ノーチェスさんお気に入りの、鶏肉の香草焼《こうそうや》き。

彼は特に嬉しそうだ。

先ほどの散歩が功を奏したのか、レノアさんの原稿はどうにか完成したようで、ノーチェスさんは明日の朝早くに出版社へ戻ることになっている。

ゆえに、今夜はノーチェスさんにとって最後の食事になるので、彼の好物で固めることにしたのだ。美味《おい》しそうに食べてくれるのは嬉しいけど……

「うーん」

この状況はまずいのではないかと思い、つい声が出る。

看板娘としては思うわけですよ。食堂全体を見渡せるカウンターで頬杖をついて、再びうなってしまう。

だって……

宿泊客が、たったの二人だけなんて。

実を言うと、今日は他の宿泊客があと二組いたのだけど、どちらもキャンセルになった。

今日だけじゃない。昨日も、その前の日も。

うちのホテルは、八部屋のうち半分くらいは埋まるのが当たり前だった。それなのに、ここ数日ずっと、レノアさんとノーチェスさんの二人しか泊まっていない。

つまり――ホテルラフレシアは現在、閑古鳥《かんこどり》が鳴いてる最中なのだ。

私がお父さんとお母さんの家族になって以来、初めての大ピンチ。こんなにお客さんが続いて入らない日は、なかった。

しかも、明日ノーチェスさんは宿を離れてしまう。

もちろん、レノアさんのお仕事が終わり、ノーチェスさんの苦労がなくなったことについては諸《もろ》手《て》を上げて喜んであげたいところなんだけど……

ホテルとしては、今の状態で一人でもお客さんが減ってしまうのは死活問題だ。

このまま、宿泊客がレノアさんだけという状況が続いたら……遠くない未来、ホテルラフレシアの看板を下ろさなければならなくなるかもしれない。

一家三人、路頭に迷う姿が、目に浮かぶ……

「アン。レノアさんたちのテーブルにこれを運んでくれる？」

その時、お母さんの優しい声がして振り向くと、二人分のケーキが切り分けられてお皿に載っていた。クリームをあしらった、フルーツの蒸《む》しケーキだ。

「あれ？　今日のデザートってケーキだっけ？」

「いいえ。でも、今日はお二人のお仕事が終わったんでしょ？　他のお客様もいらっしゃらないし、ささやかなお祝いですよ」

「さすが、お母さん」

できる女！　最高！　大好き！

ホテルがピンチの時ですら、お客さんへのサービスを忘れないところが素敵。

私はケーキのお皿をトレイに載せて、二人のテーブルまで運ぶ。

こういうさりげないサービスも、うちの魅力なのに……ううう、山側にできた巨大ホテルめ。資本の違いが憎い!!

少し前に完成したホテル・コッソアーロ。強力なライバルになるかもしれない、と思ってはいたけれども、予想を大きく上回る勢いでお客さんを持っていかれてしまった。

それはうちに限ったことではないけれど……思わずため息が出ちゃうくらいには、切羽詰《せっぱつ》まった状況と言わざるを得ない。

……娘の私が言うのもなんだけど、お父さんとお母さんは、お人好しでのほほん体質だから、きっとどうにかなるとしか考えていないのかもしれない。

二人がそうならば、私一人だけでもしっかりしていないと、看板娘の名がすたる。

「ホテルラフレシアからのサービスですよ～」

にっこり笑顔で、レノアさんとノーチェスさんにケーキを振る舞う。

そうよ。幸い、学校も長期の休みに入るし。これは神様がくれたチャンスだわ！

私が、頑張らないと……!!

翌朝。

ノーチェスさんはレノアさんに「次こそ締め切りを守ってくださいね。期待してます」と言い残し、ホテルを後にした。

その背中はシャンと伸びていて、連日の激務——主に逃げようとするレノアさんを捕まえる作業を繰り返した人とは思えないほどだった。

たとえ背は低くても、ノーチェスさんはカッコいい大人の男なのだ。

＊　＊　＊

「うーん、うーん」

お客さんのいない食堂のテーブルに陣取り、筆記用具をテーブルに載せて、私はうなっていた。

ノーチェスさんが出版社に戻って早《はや》数日。

学校は夏休みに入り、自由に使える時間が増えた。そこでホテルラフレシアの危機をどうにかすべく、一人作戦会議中……なのだが。

画期的なアイデアなど、そう簡単には浮かばない。

「ふう……ちょっと暑いな」

窓はすべて開けているから風は入ってくるものの、軽く汗ばんでくる。

うちにもクーラーがあればいいんだけどな。

それにしても、相変わらずお客さんが来ない。

今日も今日とて、宿泊名簿に記入されているのはレノアさんの名前だけという悲しい現実に、私の闘志《とうし》はメラメラと燃えているんだけど……

具体的に何をすればいいのか、まったくの手さぐり状態だ。

看板娘を自認しているとはいえ、私がやってきたことなど、お父さんたちのお手伝い程度。せいぜい、お客さんをお出迎えしたり、食事をテーブルに運ぶくらいのものである。

そんな私にこれ以上できることがあるのかはわからないが、頭を働かせるのはタダだし、やらないよりもやったほうがいいに決まっている。

ちなみに今、お父さんとお母さんは、市場へ買い物に行っている最中だ。お客さんがいない間に、建物のガタがきている部分を修復すると言って、その材料の買い出しに出かけた。

二人は、「ホテルの手入れをするいいチャンスだねぇ～」などと、ほのぼの笑い合っていたけれど……私は引きつった笑みを浮かべることしかできなかった。

ホテルを手入れしても、お客さんが来ないことには話にならないのだ。そのことをわかっているのかいないのか……

「お客さんを取り戻すには、どうすればいいんだろう」

「そんなもの簡単ですよぉう。件《くだん》のホテルをぶっ潰《つぶ》してしまえば早いじゃないですかー」

「わっ、レノアさん、いつの間に？」

つい先ほどまで空席だった隣の椅子に、レノアさんが座っている。しかも、いつの間に用意したのか、紅茶を飲みながら。まさに神出鬼没《しんしゅつきぼつ》。

「ご主人公様のおそばには、いつだってぼくがおりますよー。さあ、ご主人公様。ぼくの出番ですよね？　何か、お願い事でもありませんか？」

「……特にはないですけど」

「またまたー。山側のホテルが原因で、ご主人公様の愛くるしいお顔に、ほら、今日も皺《しわ》が……」

眉間《みけん》の部分をちょいちょいと指でつつかれて、パッと手で隠す。指摘されるほど、険《けわ》しい顔をしていたのだろうか。気づかなかった。

「ぼくとご主人公様の仲じゃないですかー。さ、ご主人公様のお悩みをぺろっと吐いてみてください。ぼくがパパッと見事に解決してみせましょうー」

締め切りが終わっても、相変わらず目元のクマは消えていない。ニコニコ笑っていても、どことなく怪《あや》しく見えるレノアさんの顔を、じっと見返す。

「ふふー。ぼくにかかれば、ホテルの一つや二つ、パーッとなかったことにできますよー。なにせぼくは、千年ほど昔は大魔術師と呼ばれていましたからねー」

「そうなんですか？」

「そうなんですー」

彼はそう言って、自分が飲んでいたカップの中に人差し指をちょこんと入れた。

それから、濡《ぬ》れた指先でテーブルの上に直径十五センチほどの円を描いた。そして、その円の中央にカップを置く。

紅茶の表面が、ゆらゆらと揺れている。

レノアさんが指をパチンと鳴らした瞬間——カップが爆《は》ぜた。

びくっと身体が動く。

一切、音はしなかった。

形のあったものが、一瞬で粉々に。さらりとした、砂のようなものになっている。

「へ……?」

思わず間の抜けた声が漏《も》れた。いや、だって……そんな。

「ほら、なんでもこのように粉々にできるんです。予《あらかじ》め結界を張っていれば、音も漏《も》れません。ささ、早くお願いしてみてください。例のホテルがなくなれば、ご主人公様のお悩みは綺麗さっぱり消えますよー。他の客だって、このホテルに戻ってきますよー」

「いや、いやいやいやいやいや。それは、ダメです。絶対ダメ!!」

このカップのようにホテルが爆発してしまったら……大惨事《だいさんじ》だ。そんなこと、私一人では受け止められない……!

「そういう方法でお客さんを取り戻したいわけじゃないんです。それにきっと、そういうやり方をしても、根本的な解決にはならないでしょうし」

「そうですかー？　ならば、あちらのホテルにとられてしまった客の心を操《あやつ》ってみせましょうかー？　少し面倒ですが、やれないことはないですよぉう？」

「それもちょっと……。いや、本当にお気持ちだけで十分ですから」

心を操《あやつ》ってお客さんを集めたところで、そんなのはまがいものの人気だ。そういうやり方で集客しても、お父さんたちは喜ばないだろう。

無論、私も嬉しくない。でも、レノアさんにはそういう感覚がよくわからないのだろう。

「レノアさん。たとえお客様を呼び込めても、人の道を外れてしまったら、それは成功とは言えません。商売人はお客様の心を重んじてこそ、その対価として御足《おあし》をいただくことができるのです」

自然にこぼれた自分の言葉に、私自身が一番驚いた。なんか、今、すごくいいことを言ったようなな……

というか、御足《おあし》なんて、よく出てきたものだ。

「それより、このカップ……どうしてくれるんですか」

粉々にしちゃって、と嘆《なげ》いていたら、レノアさんはもう一度指を鳴らした。

すると今度は、カップが元の状態に復活したのだった。

「はい。このように、元にも戻せます。この程度ならば、造作もないこと」

「お……おおー」

私は思わずパチパチと手を叩く。

「ホテルを壊すのもダメ、人心を操《あやつ》るのもダメ、ですか。うーん」

レノアさんが不満げに言う。

「もっと平和的な解決方法なら、参考にしたいんですけどね……」

「平和的ですよぉう。大丈夫。砂塵《さじん》に変えてみせましょう。目撃者など、一人残らず排除して……」

「だからダメですってば！　でも、レノアさんがお手伝いしてくれる気であることは、十分わかりました。そんなレノアさんにお尋ねしたいのですが、レノアさんは、うちのホテルのどこが魅力だと思いますか？」

宿泊しているお客さんに直接こんなことを聞くのもおかしいけれど、まあ、レノアさんはあらゆる意味で特別だし……こうなったら、とことん手伝ってもらっちゃいましょう。

「もちろん、ご主人公様がいることです」

「それ以外で」

「ぼくにとっては、それ以外は意味のないことなので難しい質問です」

レノアさんはそう言って、考え込むようなポーズで黙ってしまう。

私もじっとレノアさんの答えを待つ。

「あ。そういえば、食事が美味《おい》しいです」

ぽそっとレノアさんは言った。

「食事……ですか」

確かに、ホテルラフレシアの料理は、飲食店にも劣《おと》らない味だと思う。

「ぼくにとって食事は、普通の人間にとってのそれとは意味合いが違うので、摂《と》っても摂《と》らなくてもさほど変わりません。それでも、美味《おい》しいほうが嬉しいです」

「……レノアさん、ご飯を食べなくても大丈夫なんですか？」

それは知らなかった。

「ええ、まあ。まったくというわけではないのですが、毎日摂取する必要はないです。でもまあ、食べようと思えばいくらでも食べられるので。ここの食事は美味《おい》しいですよ」

毎日おやつまで食べていたのに、本当は食事をしなくても平気だなんて……

でも、本人が楽しんでくれているみたいだから……まあ、いいか。

何はともあれ、改めて言われてみれば、なるほど料理はうちのホテルの自慢と言えるかもしれない。

だけど、味が美味《おい》しいだけじゃダメだ。今はそれで勝負に出ても、逆転できる状況ではなくなってしまっている。

だからといって、せっかく勝負できるものをみすみす放り出すこともしたくない。

うちの料理で、他のホテルとの差別化ができれば、もしかしたら……

私は考えた。

考えて、考えて――昔を思い出そうとする。

今の――アンジェリカになる前の私のことを。

昔の世界。日本という国で得た知識。それを、なんらかの形で役立てることは、できないだろうか。

……とはいっても、普通の女子高生だった私に、本格的なホテル経営のことなんかわかるはずもなく――

ならば、生徒会長としての経験を、どうにかして利用できないだろうか。

人をまとめる方法。たまった学校関連の仕事を効率よく遂行《すいこう》する方法。

不良を更生させる方法。逃げる役員たちを捕まえる方法。

……残念ながら、どれもホテル経営には役に立ちそうにない。

いったん厨房《ちゅうぼう》に行き、紅茶を淹《い》れる。レノアさんのカップが空《から》になっていたからだ。ティーポットを持ってまたテーブルに戻り、紅茶を注《つ》ぎながらさらに考える。

学校生活の知識が役に立たないのであれば、プライベートでの経験は生かせないだろうか？

過去の自分の姿は覚えている。休みの日は、一体どんな生活をしていたのだろう。例えば、家族とはどんな関係だった？

学校で出会った人たちの顔や名前は、割と覚えているのに――家族のことになるとほとんど思い出せないのはなぜなんだろう。

　とても歯がゆい。

「どうしましたか、ご主人公様？」

「……思い出せないんです」

　自分の、半分を。プライベートで、どう過ごしていたのか……不自然なほど思い出せない。今まで深く考えないようにしていたことが、なぜかとても気になってくる。

「何を思い出せないんですか？」

「私の……」

「私の？」

「わた……し……の」

　視界が、くらりと反転する。

　座っていた自分の身体が傾き、椅子から転がり落ちるのだとわかった。だが、実際にそうなる直前に、レノアさんが抱きとめてくれた。その細腕は、意外なほど力強い。

　大人の男の人の腕。

　レノアさんは香水をつけていなくて、体臭もほとんどない。

　遠くなっていた意識が、引き戻される。

「どうされましたか、ご主人公様？」

目を細めて笑うレノアさんが、一瞬だけ別人のように見えた。

とても美しく、とても冷たい……知らない誰かのように。

「いえ、なんでも……」

唐突に、私はレノアさんのことを何も知らないのだと思った。魔法が使えるレノアさんは、きっと私のことを色々知っているというのに。

「レノアさんは、私のことをどれくらい知っていますか？」

「なんでも」

微笑むレノアさんの目に、濃密な蜂蜜《はちみつ》のような甘さと、獲物をいたぶる猫のような、無邪気な残虐性《ざんぎゃくせい》を感じた。

「ぼくは、あなたの内面《なか》に触れたことがありますから」

唇が耳たぶに触れるかと思うほど近くで、レノアさんは囁《ささや》いた。

「な……か？」

またた。また、意識が遠のきそうになる。

目の奥で、何かがチカチカと点滅し、身体から力が抜けていく。そのままレノアさんの腕の中に沈み込んだ。

かろうじて意識はあるけれども……目を開けていられない。

「あなたを見つけ――この世界の理《ことわり》とは異なるあなたという存在を、こちらの世界に馴染《なじ》ませるために、少しだけぼくは細工をしました。その時、あなたの内面に触れさせていただきました。あなたの記憶や育った環境……あなたが知っていることも知らないこともすべて、ぼくは知っている」

言葉はなんとか聞き取れるのだが、その意味まではよくわからない。

「ああ……ぼくの力にあたってしまいましたか……契約さえ結んでくれれば、ぼくの力が障《さわ》りになることはないのですがねぇ……」

首筋にレノアさんの人差し指が触れた。それがぐっと押されて、軽い痛みを感じる。

「少し具合を悪くしてしまったようなので、治して差し上げましょう」

その言葉の直後に頭の中がクリアになり、身体にあった倦怠感《けんたいかん》も激減した。

「え……?」

「ご主人公様。どうか、なされたのですか?」

ものすごく近くで、レノアさんの笑い声が聞こえる。目を開くと、すぐそばにレノアさんの顔があって……

そこで自分が彼にお姫様抱っこされているのだとわかり、慌てて身体を離す。

「え!?　あれ?　私、今……」

「ちょっとお疲れなんじゃないんですか?　うとうとしてましたよ」

レノアさんはニコニコと笑っていた。いつもと同じように見えるけど……

彼の目を見返す。なんだか釈然《しゃくぜん》としないが、話を元に戻さないと。

「あの……レノアさんは、私が忘れてしまっている記憶も全部、知っていますか？」

改めて聞くと、レノアさんは「はい」と言って頷《うなず》いた。

やはりそうだ。前々からなんとなく、自分の記憶が曖昧《あいまい》なことに、この人が何らかの形で関わっているのではないかと思っていた。

「聞けば教えてくれますか？」

「契約を結んでいただければ」

素直に質問に答えてくれないなんて意地悪だ。契約を結ぶという言葉がすぐに出てくる辺《あた》り、いつかはこんな会話が交わされることを予測していたのだろう。

「なら、今はまだいいです」

私は笑った。できるだけ意地悪で挑戦的に見えるように。

思い出せないなら、今の自分にできることをしよう。

アンジェリカとして生活してきたこの五年間で培《つちか》ったものを、役立たせてみせましょう。

「ところで、レノアさん。一応聞いておきますが、契約というのはどんな内容ですか？」

返ってきたレノアさんの言葉には――本当に、困った人だと思った。

「――というわけで、お父さん、お母さん。家族会議を始めます」

その日、夕食を取った後、食堂に二人を引き止めて家族会議をすることにした。

考えがある程度まとまったので、それを実践してもよいかどうか、確認しておきたかったのだ。

もちろん、二人がさらに画期的なアイデアを出してくれたら、それを優先的に採用したい。

「わー、アンジェリカは頼もしい娘に育ったね」

「ええ」

ふふふ、とおっとり笑いあう両親からパチパチと拍手をもらう。

「きゃーきゃーきゃー！　ご主人公様かっこいいー！」

ひときわ大きな拍手と歓声を送ってきたのはレノアさんだ。私は階段を指差して、部屋へ戻るように促《うなが》す。

「家族会議なので部外者はお部屋に帰ってください、レノアさん」

「ひどい！　将来的には家族になる身なんですから、いいじゃないですか！」

「どんな未来を思い描いたらそうなるのかわかりませんが、現状は家族ではないのでお部屋にお戻りください、お客様」

営業スマイルで追い払おうとすると、レノアさんはわざとらしく両手を口に当てて眉根を寄せた。

お父さんたちは静観するつもりらしい。こういうところ、この二人は割と肝《きも》が据《す》わっている。

「なんということでしょう……ご主人公様の深刻なレノア離れが加速している……！」

「加速なんてしてないですよ。元からこんな感じです」

「まあまあ、いいじゃないか、アンジェリカ。作家先生が同席していても」

ヨヨヨと泣き崩れているレノアさんを見て、お父さんが助け舟を出した。でも、その表情は困っているようにも見える。気をつけておかないと、お父さんは悪い人に騙《だま》されてしまうだろう。

「ほら、ご主人公様。お義父《とう》様もこう言ってますよ。ね、お義父《とう》様」

「あ、うん、はい。そのお義父《とう》様っていうのはやめてくれると嬉しいのですが……」

「え？　なんですか、お義父《とう》様」

相手は一応お客さんだから、強くは言えないよね、お父さん……。ここにノーチェスさんがいれば、ガツンとレノアさんを叱ってくれるのに。

「それで、家族会議の議案は何かしら？」

穏《おだ》やかながらも凛《りん》としたお母さんの声が、場の空気を変えた。

「あ、そうそう、本題に戻りましょう。議題はもちろん、ホテルラフレシアのこれからについて、です」

コホンと咳払いを一つして、ポケットから眼鏡を取り出し、スチャリとかける。議長スタイルの完成だ。

すると、お父さんが急に焦り出した。

「ア、アンジェリカ。目が悪くなったのかい？　目にいいものを今すぐ持ってくるよ。ええっと、確かベリー系がいいと聞いたことがあるような、いや、違ったかな!?」

眼鏡姿の私を見ながら、お父さんはソワソワと落ち着かない様子で立ち上がった。今すぐ厨房《ちゅうぼう》に消えていきそうだ。

「心配しないで、お父さん。ちょっとした雰囲気作りです」

そう、この眼鏡はレノアさんに借りたもの。度は入っていないから、私がかけても大丈夫。ちょっと大きいけどね。

「あ、なんだ、そういうことなら安心したよ。ああ、よかった」

「あなたは昔からおっちょこちょいねぇ」

お母さんのたしなめるような声に、お父さんは少し照れて笑ってから腰を下ろした。

「さて、お父さん、お母さん。ここ最近、ホテルラフレシアの経営状況はいかがでしょうか？」

「うーん。悪いね」

「悪いわね。閑古鳥《かんこどり》が鳴いているわ」

「ははは、その通りだ」

それをわかっていて、なんでこの二人はのほほんと笑っているのだろう……

「でもまあ、こういう状況になるかもしれないことは、ホテルを経営する前からある程度は覚悟していたからね」

お父さんの言葉に「でも」と言ってから、お母さんが続く。

「ここまで一気に悪化するとは思わなかったわね。まさか、あんなに大きくてド派手なホテルができるなんて」

うんうん、と二人は頷《うなず》き合う。

「世の中、想定外なことはつきものだものね」

私も同意する。突然、異世界で違う人生を歩むようになるとかね。

「というわけで、看板娘として考えたわけです。現状を打破《だは》するにはどうすればいいか」

「わー、うちの娘はしっかりしてるね」

「私たちよりもしっかりしてるわ、パパ」

「……もう、茶化《ちゃか》さないでよお。で、考えたんだけどね、うちのホテルの売りはやっぱり食事だと思うの。お客さんたちは皆、美味《おい》しいって言ってくれるし。だから、食事を強化したらいかがでしょうか」

眼鏡をクイッと上げながら、お父さんに提案してみる。

「具体的にはどうしたいんだい？　アンジェリカ」

「差別化です」

「差別化？」

お父さんは不思議そうに首を傾《かし》げた。お母さんも同じ顔だ。

「他のホテルとは違うことをしたいの。うちは他のホテルよりも、食事に手をかけているでしょう？」

お父さんとお母さんを交互に見る。

「そうねえ。他の宿泊施設の食事では、もっと簡単だって聞いたことがあるわ。うちはパパが料理好きだから、他のところよりは手が込んでいるのかもね」

この町では、朝や昼は外食する人が多いのだが、夕食は自宅で食べるのが主流だ。なので、夜も営業する食堂は少なく、開いている場合も、お酒の提供が中心で、食事はおまけ程度なのである。ホテルもその流れを汲《く》んでいて、夜は簡素な食事しか出さない。それが普通で、うちのほうが特別なのだ。

それでも、まだ多少の差でしかない。

「その差を、もっと明確に出したらどうかしら。例えば、うちでしか食べられないメニューや、季節限定のものを出してみるとか」

「しかしそれは、どちらかというとホテルじゃなくてレストランの考え方じゃないかな、アンジェリカ」

「でも、まずは何か目玉のようなものを作ることで、お客さんを呼び込む足がかりにできるのではないでしょうか、オーナー」

眼鏡をクイクイとわざとらしく動かしてみる。

お父さんとお母さんは顔を見合わせ、考え込むように沈黙した。

困らせてしまっただろうか。

ふう……と息を吐くと、なんだか喉《のど》の渇《かわ》きを覚えた。

夜になっても、まだ少し暑いなぁ。こんな時は、冷たいアイスクリームでも食べたいものだ……

あっ！

「冷たいデザート！」

「わっ！　アンジェリカ、急にどうしたの」

突然大きな声を出した私に、お母さんも驚いて声を上げた。

私は「ごめんなさい」と言ったものの、心の中はすでにソワソワし始めていた。

そうだ、デザートがあるじゃないか。

こちらの世界でデザートといえば、水菓子《みずがし》――つまり果物を切って出したものを指す。うちではたまにケーキやクッキーを出すけれど、それでも甘さは控えめ。なぜなら、砂糖がお高いから。

ゆえに、甘いものは贅沢品《ぜいたく》に当たる。

だがうちには、少し前に港で買った大量の砂糖がある。

それを使って、夏にピッタリの冷たいデザートを開発することができれば……

今考えたことを両親に伝え、またまた眼鏡をクイッといじる。

「オーナー、やる価値はあると思います」

お父さんは笑顔で口を開いた。

「アンジェリカがせっかく出してくれた案だ。やってみよう、お母さん」

「そうね」

「やったあ！　ありがとう！」

そうと決まれば、さっそくメニューを考えなくちゃ。

意気込んだ私の動きを止めたのは、レノアさんの言葉だった。

「あのー、ご主人公様ー」

「どうしました？」

彼を見ると、レノアさんはニコニコ笑っている。

「ご主人公様のお衣装を夏仕様に変更するのはいかがでしょー？」

「夏仕様？」

ホテルで人前に出る時の服装は、ワンピースドレスにレースつきのエプロン。夏場はこれが半そでになる。これ以上、どう夏仕様にすればいいのだろう？

「ドレスの生地の色を、もっと涼やかにしたらいいと思うのですー。ここは港町ですので一、マリンブルーのドレスとか。ご主人公様の美味《おい》しそうなにんじん色の髪に映《は》えて、魅力倍増ですよー」

なるほど。

魅力倍増になるかどうかは置いておいても、海の色のワンピースドレスは、確かに可愛いと思う。

「まあ、素敵じゃない。生地を探して私が作ってあげるわよ、アン」

「いいの？　お母さん」

「ええ、もちろんよ」

「うちの自慢の看板娘がパワーアップするわけだね。それは楽しみだ」

「想像しただけでワクワクしちゃう。アンがまた一段と可愛くなっちゃうわね」

二人は、ホテルの目玉商品を作ることよりも、私の新しい服装の話で盛り上がっているように見える……というか、明らかにそうだ。

「お義父《とう》様、お義母《かあ》様。看板娘がご主人公様一人では足りないというのならば、ぼくも一緒に看板娘を務めてみせましょうー」

突然、大きな爆弾をレノアさんがぶち込んできた。

「いや、お、お気持ちだけで十分です」

お父さんは笑っているけれど、その口元は少し引きつっていた。

そりゃそうだ。身長百九十センチの、看板娘……髪がボサボサとか、目にクマがあるとか大きすぎるとか、そんなのが問題なんじゃない。そもそも、「娘」じゃないし！

けれども、レノアさんはお父さんの言葉を当然のように無視していて、かなりウキウキした様子だ。

「ご主人公様ぁ。すね毛は剃《そ》ったほうがいいですよねぇ？」

「……剃《そ》らなくていいですし、看板娘にもならなくていいです！」

私の心底嫌そうな顔を見て、すべてを悟《さと》ってくれ——るようなレノアさんではなかった。青ざめる私とは対照的に、ほんのり頬を赤くして笑みを浮かべている。

もじもじと身体を揺らす様子に嫌な予感がした。

「剃《そ》らないほうが……お好み、と」

「違います！　とにかく黙っていてください、レノアさん」

確かに、レノアさんくらい綺麗だったら女装しても似合いそうな気はするけど。身体も細いし……でも、そういう問題ではない。

「そもそも、レノアさんはお客さんじゃないですか」

「雇用契約を結ぶ準備はできております！」

シュッと彼がテーブルの上に出してきた印鑑を見てみれば、『ご主人公様ラブ』と彫られている。

こんなものを使われてたまるか。

「外部スタッフを雇《やと》う余裕は今のところありません！」

お客さんでいてくれるほうがものすごく助かることを伝えると、レノアさんはようやく静かになった。

あとは、何のデザートを作るか。

それが最大のポイントである。

さてさて、どんなデザートであれば、うちにお客さんを呼び戻すことができるかしら。

2　お外で冷たいデザートを

家族会議の翌日、私はレノアさんにお願い事を一つだけした。手に入れたい器具があったからだ。最初に商人の息子であるギルバートにも尋ねてみたけれど、うまく伝えることができなかった。それで悩んだ末、レノアさんに頼んだというわけ。

レノアさんは「ほほう、アレですね」と言い、必ず手に入れてみせると約束してくれた。

それからさらに数日後――私は今、早朝の誰もいない厨房《ちゅうぼう》に立っている。

「大鍋を用意いたしまして、港で買ってきたこの小さな赤い豆をたっぷりの水に入れます。火にかけ、一度沸騰《ふっとう》したら火を止めて、しばらく蓋《ふた》をして蒸《む》らします。なお、この赤い豆は予《あらかじ》め、水に浸けて一晩寝かせたものです」

私の独り言が響く。誰も聞いていないのをいいことに、一人で先生気分。久々に料理をするから、腕が鳴ります。

「一度ざるに移して煮汁を捨てたら、今度はお水でヒタヒタにしてコトコトと煮ます。水を小まめに足して、ヒタヒタの状態を維持。小豆《あずき》が柔らかくなったら火を止めて、再び蒸《む》らします。続いて別のお鍋に水をコップ一杯程度入れた後、その中にお砂糖をダバーッと入れましょう」

二日前、お父さんといつもの買い出しに出かけた時に見つけたのが、小豆《あずき》だった。

こちらの世界では、スープの具材に使われることが多い。

でも日本人なら、小豆《あずき》といえば、甘くして食べたいと思うでしょ？

ここからは、小豆《あずき》を甘く煮ていく作業だ。

「火をかけてお砂糖を少し煮詰め、まだジャリジャリした感じが残る状態のそこに、小豆《あずき》を投入。そして強火にかけて、混ぜ混ぜ。お豆を焦《こ》がさないよう、潰《つぶ》さないように愛情を込めて。あとは水分が飛ぶまで煮込むだけ。塩を入れると甘さが引き立つので、忘るるなかれ。それから、灰汁《あく》とりを忘れずに」

大型の寸胴鍋《ずんどうなべ》をかき混ぜ、灰汁《あく》をとっていく。

甘い小豆《あずき》ができれば、使い方も色々。お団子にお饅頭《まんじゅう》、冬場にはぜんざいもよし。小豆《あずき》から作るあんこといえば、甘ーい甘ーい、日本代表の和菓子。

つぶあん？　こしあん？　どっちも大好き！

今は夏。私が作ろうとしているのは、海辺やお祭りで食べたくなるアレだ。

「美味《おい》しそう〜。あとは粗熱がとれるのを待っ――」

「これを冷やしているんですか、ご主人公様〜？　ほんのりと甘い匂いがしますー」

「わあ！　ビックリした」

ぬっと現れたのはレノアさんだった。

「もう、どこから入ってきたんですか、お客様」

レノアさんはお構いなしといった様子で私の真横に立つ。しかも、エプロンまでして。おまけに、どこで手に入れたのか、私と色違いの同じデザイン。

「まあ、細かいことはお気になさらず。ぼくとご主人公様は一心同体ですから」

「そんなことになった覚えはとんとないのですが」

「まあまあ。ぼくはご主人公様のお手伝いをしにきたのですよ。例えば、このほんのり甘い香りを放つ謎の物体。これを冷やせばいいんでしょう？」

まだ湯気の立つ鍋の上で、レノアさんはサッと手を振る。すると、一気に湯気が消え、中身が冷却されていくのがわかった。

「わっ、すごい！　あ、でも、口に入れてほんのり冷たい程度でお願いします」

「はーい」

レノアさんが手を止める。鍋の中を覗《のぞ》くと……

「おおー」

「艶々《つやつや》としていて美しいですねー。ぼく、こういう深い色って好きですー」

豆と砂糖がとてもいい品だったこともあり、小豆《あずき》は艶々《つやつや》と美しく、上品に炊《た》き上がっていた。

うわー、うわー。懐かしいなー。

日本にいた時以来だから、約五年ぶりの再会だ。

お客さんを呼び込むメニューを開発するためならと、貴重な砂糖をたっぷり使わせてくれたお父さんたちには、心から感謝している。

だからこそ、成功させなければ。

うちに来て食事を食べてくれれば、お客さんはきっとラフレシアのよさをわかってくれるはず。

これから作るものが、再建の足がかりになると……信じている。

小さいスプーンを二つ取り出し、それぞれに小豆《あずき》をすくう。一つは自分用で、もう片方をレノアさんに渡した。

「いいのですか？」

「味見が目当てだったんじゃないんですか？」

「バレましたか」

レノアさんは甘いものが特に好きだ。嫌いな食べものはあまりないようだが、甘い物を食べる時は勢いがすごい。

私もそれに続く。

レノアさんは嬉しそうな顔で、口にスプーンを運んだ。

「……ああ」

思わず、声が漏《も》れた。

懐かしい食感と甘みに、唇が震える。この場にレノアさんがいなければ、顔を手で覆《おお》って泣いていたかもしれない。

私がいた世界の――日本の味だ。深い甘さの中に、上品なまろやかさがあった。

「甘くて美味《おい》しいですねー、ご主人公様ー。こんなに甘い食べ物は、すごく久しぶりです」

「そうですね」

泣きそうになっていることをごまかして、笑う。

「あ、そういえばレノアさん。前にお願いしていたものですが……」

「ああ、それなら用意ができてますよ。タッタラタラーン」

レノアさんは後ろを振り向き、厨房《ちゅうぼう》の台に置かれた器具を私に差し出した。

それは、私の記憶にある物と寸分違《たが》わぬ大きさ、そしてデザインだった。

「おおー。イメージ通りのものです。よくわかりましたね」

「ぼくの知り合いの武器商人に譲《ゆず》ってもらったんですー」

……そんな人とも繋がりがあるのか。

というか、なぜに武器商人がこれを知っていたのだろうか……謎だ。

「まあ、少し特殊な武器商人でして。構造を伝えると、似たようなものを作ってくれる知り合いがいるとかなんとか。デザインはご主人公様の描いたイラストを参考に、ぼくがカスタマイズしました」

「そうなんですね。ありがとうございます」

「ご主人公様の言われるままに用意しましたが、これはなんなのですか？　動物か何かのようですが」

「ペンギンです。寒いところに生息する動物なんですが、こちらの世界にはいないようですね」

そう。私がレノアさんに注文したのは、ペンギンの形をしたかき氷器。

だいたいの構造を説明すると、レノアさんはすぐに理解してくれた。多分、レノアさんが元々博識であるのに加えて、私の記憶を覗《のぞ》いた可能性もある。魔法が使えるし、とにかくいろんな力を持っていそうだもんね……

さっそく、冷凍庫で作っておいた氷を取り出し、かき氷器に設置する。

氷を一つ二つ使って試運転した後の試食は、お父さんとお母さんが来てからということで。

＊　＊　＊

「あら、可愛い」

「なんだい、それは？」

かき氷器を見て、二人は首を傾《かし》げている。

ペンギンについて説明したところ、実際に存在する動物ではなく、私の想像する架空の生物だと思っているようだが、まあ、それでいいだろう。重要なのはそこではないし。

「この機械の頭の部分は、こういう風に蓋《ふた》になっております」

パカッと開けて中の空洞を見せ、そこに用意していた氷を入れる。

「そしてこれを元に戻し、頭についているこのハンドルを回します。あ、下に器《うつわ》を用意しておくことは忘れずに」

予《あらかじ》め買っておいたガラスの器《うつわ》を下に置き、ハンドルを回す。時計回しに、ガリガリと。

「中に氷を砕《くだ》く刃が入っているから、こうやって……」

氷が刃で削られ、器《うつわ》の中に落ちていく。白い小山のように盛り上がっていく氷——かき氷に、お父さんとお母さんは目を輝かせた。

「まあ、氷がこんなに細かく」

「アンジェリカ。よくこんなことを考えついたね」

「レノアさんの知識をお借りしたの。さすが作家さんよね。普通の人では考えつかないようなアイデアをお持ちで」

すべて自分一人で考えたと言ってしまうと、後々、問題になるかもしれない。一度も見たことがない人たちにとっては、画期的な道具であることに違いないから。だけど、奇想天外《きそうてんがい》なことを考えてもおかしくない作家であるレノアさんの名前を借りれば、納得してもらえるというもの。

本当を言うと、お店で見るような業務用の器械が欲しかったのだが、さすがにそちらは無理だった。家庭用の小さな器械が手に入っただけでもラッキー。

「へえ、それはすごい。さすが作家さんだ」

「やっぱり、普通の人とは考えることが違うのねー」

ほら、作家効果。すんなり受け入れてくれた。

「いやあそれほどでもー。すべてはご主人公様の柔軟な発想のおかげですのでー」

身をモダモダさせながら照れ笑いするレノアさんは、当然のようにこの場にいる。

お父さんたちも、レノアさんをただのお客さんではない位置づけにしているので、何も言わない。

それに、今回のことはレノアさんのおかげでできた部分が大きいから、私もレノアさんの同席に異論はなかった。

だというのに。

「ご主人公様。いつものように『この部外者が!!』と、道端に転がる石ころを見るよりも冷たい目で見てくださっても構わないのですよ？」

やたらと期待に満ちた瞳で見つめてくる。だが、ここはニッコリと笑ってスルー。

「レノアさんも、どうぞ」

人数分のかき氷を器《うつわ》に盛る。削っただけの、シンプルな形のまま。

「アンジェリカ。これが、君の考えた冷たいデザートなんだね？」

うん、と頷《うなず》く。元の世界ではありふれた食べ物だから、すべてを自分で考えたわけではない。それが若干心苦しいけれど、そんなことを話せるわけもなく、秘密は胸の中に隠しておくしかない。

お父さんとお母さんは、器《うつわ》に盛られた真っ白い氷をスプーンですくって口に運んだ。

無味の氷をシャリシャリと美味《おい》しそうに食べる。

「冷たくて美味《おい》しいわ。夏にはちょうどいいわね。でも、そのまま食べるには少し淡泊かしら」

「うん。これはお客さんにも喜んでもらえそうだ。味がないから、何かソースをかければ……少し濃い目にした苺《いちご》ソースなどと絡めれば、美味《おい》しいんじゃないかな」

さすがお父さん。甘いシロップをかけるのは、かき氷の定番。予備知識がないのに、そこへすぐにたどり着くなんて、さすがは料理のプロ。

「おおー、本当に冷たい。氷をこんな風に食べるのは初めてですねー。夏の暑さにぴったりですぅー」

「……レノアさんの場合は、その暑苦しいローブを脱げばいいのでは？」

夏場になっても、レノアさんは全身を覆《おお》い隠すようなダブダブの衣服を身に着けている。見ているだけでこっちまで暑くなりそうなのだが、この人が汗を流すところを、私はまだ一度も見たことがない。

「ああ、ご心配なくー。割とこの内側は涼しいので」

「そうですか」

まあ、レノアさんについては何も言うまい。普通の人間には理解できないところで生きている人だ。

「苺《いちご》以外の果物でもソースを作って欲しいの、お父さん」

「任せなさい」

お父さんはすぐにソースを用意すると約束してくれた。

とりあえず今日は、パウンドケーキに添えるために作ってあった杏子《あんず》のソースを上から垂らす。

真っ白だった氷の山が、鮮やかな黄色に変わる。

「まあ、素敵」

「これは涼しげで、目にも美しい」

嬉しい反応をしてくれたお父さんたちの目の前で、大鍋の蓋《ふた》を開ける。いよいよ、目玉の初お披《ひ》露目《ろめ》である。

「これはなんだい？」

「小豆《あずき》っていう豆を、砂糖で甘く煮詰めたものなの」

「ああ、この前買っていたやつか。ずいぶんと深い色になったものだね。こういう形で見るのは、初めてだ。よく知っていたね、アンジェリカ」

確かに、スープに入れる時などに比べ、煮詰めた小豆《あずき》は色も濃く、艶《つや》やかになる。

この色を出すために手間暇かけたのだが、こちらの世界の人たちの口に馴染《なじ》まなければ意味がない。お父さんたちは大事な試食係だ。

「まずは、ソースだけでどうぞ」

お父さんがスプーンを手に取り、杏子《あんず》ソースのかかったかき氷を口に入れた。

お母さんもそれに続き、パクンと一口。レノアさんもアーンと頬張る。

「美味《おい》しい」

「これはいいね」

「美味《おい》しいですー」

ひんやりとした冷たさと甘さに、皆がふんにゃりと頬を緩《ゆる》める。

ここ最近、暑さも本番になってきたので、この冷たさはたまらないだろう。

みんな、シャリシャリと器《うつわ》の中身を半分ほど食べ進めた。

「これは今の季節にはぴったりだね」

「本当に。食欲がない時でも、これなら食べられそう」

「あ、でも、冷たいものの食べ過ぎはいけないって、前に本で読んだよー」

「アンは物知りね～」

お母さんが、心底嬉しそうに私を見つめて言った。

かき氷は美味《おい》しいけれど、食べ過ぎて内臓を冷やすのはよくない。お腹を壊してしまうし、夏バテの原因にもなってしまう。何事も、適量というものがあるのだ。ここまで冷たい食べ物はこちらで見たことがなかったので、さりげなく注意をしておかないと。

「かき氷は適度に涼を楽しむものです。そして！」

満を持して、大鍋の中からスプーン一杯分の小豆《あずき》をすくい取り、それぞれのかき氷に添えた。個人的な好みとしては、苺《いちご》や抹茶ソースなどに小豆《あずき》を合わせて欲しいけれど、贅沢《ぜいたく》は言えない。

「今度は、この小豆《あずき》と一緒に食べてみてくださいな」

笑顔ですすめつつも、内心はドキドキだった。元日本人の私にとって甘くて美味《おい》しい食べ物だけれども、お父さんたちの味覚に合うかは賭けに近い。

美味《おい》しいって、言ってもらえますように……！

三人は小豆《あずき》とかき氷を一緒に口に運んだ。お父さんとお母さんは綺麗にサクッとすくい、そのままの形で。レノアさんは少し溶けかかっている氷と混ぜて。

「あ」

最初に漏《も》れたのは、その一言だけだった。

お父さんとお母さんは目を見張り、私をバッと同時に見る。その目に、驚きと歓喜の色が宿っていたからホッとした。

大丈夫。きっと、いける。

「どう……ですか？」

恐る恐る尋ねると、返事の代わりに、お父さんとお母さんが左右から私を抱き締めた。二人の体温と匂いに包まれて、とても幸せだ。

「さすが私たちの娘だわ！　なんて甘くて……とにかくすごい！」

「とても美味《おい》しい。とても、とても」

　これだけの甘さを持つお菓子は、こちらの世界では非常に珍しい。さらに、小豆《あずき》の甘味にはクセがなく、後味もすっきりしているのだ。

「ご主人公様ぁー、甘いですぅー冷たいですぅー。おかわりー」

　一人だけぺろりと食べ終わってしまったレノアさんが催促《さいそく》する。両親にぎゅうぎゅうと抱き締められたまま、おかわりを許してあげた。

　今回の最大の功労者が、レノアさんであることは間違いないのだから。

「アンジェリカ。君の思うように、やりなさい」

　お父さんはそう言って、私の頭を優しく撫《な》でてくれた。

　だから私は、思うままやらせてもらうことにした。お父さんには新しいソース作りをお願いして、お母さんにはお客さんが宿の中に入ってきた時の接客をお願いする。

　最初は、かき氷という珍しいものに惹《ひ》かれてホテルに入ってくれるだけでいい。かき氷は本命ではない。

　あくまでも宣伝手段の一つであり、ここに、ホテルラフレシアという宿があることを、もっと知って欲しいのだ。それにはまず、遠のいた客足を戻さなくてはいけない。

「よお、アンジェリカ。持ってきたぞー」

ホテルの中はお父さんたちに任せて、玄関を出たところで客引きの準備をしていると、ギルバートが顔を出してくれた。その手には、大きな袋。彼はそれを地面に置くと、不思議そうな顔をして私を見た。

「お前、何を始めるんだ？　俺に、こんなん作らせやがって。つか、本当に……　何やるつもりなんだ」

ギルバートが視線を向けたのは、例のペンギン型かき氷器。予備のテーブルを持ってきて、その上に花柄のテーブルクロスをかけた。かき氷器はそこに置いている。そして、大量に氷を入れたクーラーボックスも。

お父さんには、新たに杏子《あんず》ソースと苺《いちご》のソースを作ってもらった。その小鍋二つと、小豆《あずき》を入れた鍋もある。

私はギルバートににこりと笑って言う。

「前に手伝ってくれるって言ったでしょ？」

そして、彼から受け取った布を広げた。

「ギルは図工が得意だから……あ、すごい。注文通りの品だわ！」

ギルバートにお願いしていたのは、店先に垂らす一枚ののれんだった。

下半分には青い波を描き、上半分は白。その二つを背景に、真ん中にはドーンと赤い「氷」の文字。

もちろん、こちらの国の言語で。日本人の誰もが、こののれんを見るだけで、お店にかき氷があるとわかる例のアレである。

こちらの世界の人たちにも、何かしら冷たいものを出すことだけは伝わるだろう。

「あと、こっちな。こんなに小さい器《うつわ》、何に使う気だよ？」

ギルバートが袋から取り出したもう一つのものを見て、私は思わず「うわあ」と感動してしまった。

注文した内容は、「できるだけ軽くて小さくて涼しげな器《うつわ》」。

彼は、私のわがままな望みを叶えてくれた。

「……青竹《あおだけ》」

感嘆《かんたん》のため息が漏《も》れた。

こちらの世界には紙コップもプラスチックもない。一か八かで、ギルバートに頼んでみたのだけれど、まさか青竹《あおだけ》を用意してくれるとは思わなかった。

その青竹《あおだけ》を横に切って作った器《うつわ》は、子供の手で持てる大きさで、中身はそれほど多くは入らないけれども、少し食べたい時にはちょうどいいサイズだった。

「ギルバートに頼んでよかった。本当にありがとう」

「お、おお？　そ、そうか？　ま、まあ俺は頼りになる男だからな！」

「うんうん。頼りになる。はい、これどうぞ」

「ん……？　なんだこれ？」

渡したのは一枚のカード。私のお手製である。

「これがあれば、この夏の間、うちで出すかき氷を一日一杯、無料で注文することができます。なお、使えるのはカードの持ち主ご本人様のみですので、他の方への譲渡《じょうと》や貸与はご遠慮ください。万が一紛失された場合は、すぐにわたくしアンジェリカに『落としちゃったよ、ごめんね』と言っていただければ再発行いたします」

「かき……ごおり？」

何じゃそりゃ？　と、首を傾《かし》げるギルバートの背後に、突如、巨大な影が一つ現れる。

「これはこれは、ご主人公様のご学友の子豚殿ではございませんかー。本日はお日柄もよくー、ご主人公様にまたいらぬちょっかいを出しているんですねー。もぉ、あっち行けー！」

「ひいい!?　な、なんだ!?」

レノアさんだ。彼はぷりぷりと怒りながらギルバートに喧嘩《けんか》をふっかけた。

「びっくりしたあ……アンジェリカのとこの作家先生じゃねーか」

ギルバートは距離を取りつつ、レノアさんを見上げる。

「ほら早く、しっしっ。あっち行けー！」

大人げなくレノアさんが突っかかるから、ギルバートもムッとしたように顔をしかめた。

「なんだよ、作家先生。今日は締め切りに追われてないのか？　つーか、子豚ってなんだよ。俺は太ってねーし。だいたい、アンジェリカにちょっかいを出しているのはそっちだろうが。自分の年を考えろ」

まずい、そろそろ仲裁しないと、ますます雰囲気が悪くなりそうだ。

「気にしないで、ギル。この人、頭がおかしい……いや、ちょっと変わっているから相手にしないほうがいいわ」

「ああ、ご主人公様……もっと、蔑《さげす》んで……！」

「き、気持ちわるっ！　アンジェリカ、本当に大丈夫か⁉　この作家先生に、なんか、へ、変なこと強要されてんじゃねぇだろうな⁉」

ギルバートは私の耳に口を寄せて言ってくるが、声が大きすぎて、まるで内緒話になっていない。それを見て、今度はレノアさんが顔をしかめる。

「子豚くん。前々から思っていたのだが、君は、ぼくのご主人公様に対して馴《な》れ馴《な》れしすぎるんじゃないのかな」

「そんなことねえよ。普通に学校の同級生として話してるだけだろ。つか、あんたのほうこそ距離を間違えてないか？　ただの客のくせに！」

「ぼくはただの客じゃないですー。ぼくとご主人公様の秘密の関係は、子豚くんになんかはわからないだけですー」

ダメだ、このままヒートアップさせたら、ロクなことにならない。

今から大事な作業をしなければならないので、ホテルの玄関で騒ぎを起こして欲しくもないし。

「はーい、二人ともそこまで！　さ、レノアさんはお部屋に戻ってください。新しいお仕事が入っているんですよね？　もしくは、気分転換にお散歩しますか？」

「……ご主人公様が言うなら、お部屋に帰りますー」

しょんぼりと肩を落として、レノアさんはホテルの中へ入っていった。

「……お前、本当にあの変態に何かされそうなら、俺に相談しろよ」

「いや、まあ……多分大丈夫」

レノアさんは、私とああいうやりとりを楽しんでいるだけなのだ。

「さて、こののれんを一番目立つ場所につけて、っと」

開けた入口の扉に結びつける。

うん、目立っていい感じだ。

「ねえ、ギルバート。今日は暑いわね」

「そうだな。そろそろ本格的な夏の到来って感じだ」

太陽に照らされ、道を歩く人たちの肌には汗が流れている。それぞれ、タオルで汗を押さえたり、日傘をさしていたり。子供たちは元気いっぱいで、顔中に玉の汗をかいている。

日本の夏ほど湿度は高くないけれど、それでも暑いことには変わりない。

「こんな暑い時は、冷たいものが最高だと思わない？」

「ああ、そうだな。……って、なんだよ、なんか飲ませてくれるのか？」

そう。冷たいものといえば、こちらの世界ではすぐに飲み物に直結する。

「さあ、見ててね、ギルバート」

かき氷器の中に、氷を入れた。そして、ギルバートが用意してくれた青竹《あおだけ》のカップを設置。ガリガリとハンドルを回せば、白い小山ができていく。

氷の削られる音で、通行人がこちらを見るのがわかった。ギルバートの視線も釘づけだ。

「このくらいかな。じゃあ次は、こちらの赤い苺《いちご》のソースと、黄色い杏子《あんず》のソース。どっちがいい？」

「ん？　ん？　なんだ、これ？　えっと……苺《いちご》、かな」

ギルバートは目を白黒させながら、どうにか選んでくれた。

赤い苺《いちご》のソースをたっぷりとかけ、小豆《あずき》を載せる。艶《つや》があって、赤によく映《は》える。

「私も苺《いちご》が一番好きよ」

スプーンを添えて、ギルバートに両手で渡す。

思わず、といった感じでギルバートも両手で受け取ってくれた。青竹《あおだけ》の器《うつわ》から伝わる冷たさに、驚いた様子を見せた。

「これがかき氷よ。とっても美味《おい》しいから、きっとびっくりするわ」

「……食って、いいのか？」

「ええ、もちろん」

私たちのやりとりを、周囲の人たちが遠巻きに見ている。興味は引かれるものの、何をしているのかよくわからないから近づかない、といった感じだ。

ギルバートは怖々《こわごわ》とかき氷を口に運び、静かに食べ始めた。

シャリシャリ、シャリシャリと咀嚼《そしゃく》する音が、耳に入ってくる。

いつの間にか、ギルバートの周囲に数人の子供たちが近寄ってきた。大人はまだ、離れたところで見つめているだけ。皆、じっと黙ったままだ。

私はギルバートが食べ終えるのを待たずに、削る作業を再開する。

「すげえ、うめえ」

一心不乱に食べ続けていたギルバートは、やがてすべてを食べ終わってから、呟《つぶや》くように言った。

ようやく人心地《ひとごこち》ついた、という感じだった。

ここだ、と感じた。

パンと大きく手を叩いて、声を上げる。

「さあさあ、冷た〜いかき氷はいかが？　甘くて冷たいかき氷。ホテルラフレシアから皆様に、ささやかなプレゼントです。冷たいかき氷、甘くて美味《おい》しいかき氷。どなた様も、食べてみてくださいな」

削った氷を青竹《あおだけ》の上に盛り、手早く苺《いちご》ソースや杏子《あんず》ソースをかける。そして、小豆《あずき》を載せていく。

ギルバートの近くにいた五歳くらいの男の子と女の子グループが私に聞く。

「これ、食べていい？」

「どんな食べ物なの？」

「冷たいって本当？」

彼らの目は、強い興味からキラキラと輝いていた。

「さあ、どうぞ。赤いほうが苺《いちご》味で、黄色は杏子《あんず》よ。この茶色いお豆も、とっても甘くて美味《おい》しいから一緒に食べてね」

彼らの小さな手に、器《うつわ》を載せていく。彼らは「わあ！」と歓声を上げ、興奮した様子で食べ始めた。

「美味《おい》しい！　つめたーい！」

「とっても甘いよお！」

「うまーい！」

キャッキャと子供たちが騒いでいると、慌てたように中年の男女がやってきた。

「こら、勝手に何やってるの！　急に走り出したから何かと思えば……。すみません、あの、お代は？」

どうやら、保護者の方らしい。申し訳なさそうに頭を下げる二人に、私は笑顔で首を振ってみせる。

「今日はお味見ということで、お代はいただきません」

心持ち声を張って、私は言った。

周囲に群《むら》がっていた人たちの目が、俄然《がぜん》輝き出す。

「ホテルラフレシアより、振る舞いのかき氷をご提供していまーす。冷たいデザートで、暑気払いなさってください！」

うちのホテルの名前と、かき氷という食べ物。

その二つをごく自然に、覚えてもらうため、呼び込みを続ける。

「……じゃあ、一つ」

「私にもちょうだいな」

野次馬《やじうま》の中から、我も我もと手を伸ばす人たちが現れる。

食べた人からは、まるで子供のような歓声が上がる。

太陽の日差しを浴びながら、冷たく甘いかき氷を食べるのは格別だろう。

「器《うつわ》はこちらの袋に戻してくださいね～。ポイ捨ては厳禁ですよ～」

「なあ、お嬢ちゃん。もっとくれよ。こんなに冷たくて美味《うま》いものは初めて食べた。けど、これじゃあ量が足りやしない」

あちこちで「冷たい」「甘い」という声が上がる中、男性が少し不満そうに言ってきた。

「味見の続きは、どうぞ食堂で」

ニッコリと微笑んで、ホテルの中へ案内する。男性はちょっと驚いた顔をしたけれど、それはすぐに苦笑に変わった。

「なるほど。気に入ったら、中でちゃんと買って食べてくれというわけだ」

「はい。ぜひ、ごひいきに」

かき氷の代金は、子供が背伸びをすれば買えるくらいの金額に設定した。

果物のソースと小豆《あずき》、それから砂糖で多少材料費はかかるものの、大部分は普通の氷だから可能になった金額だ。とびきり甘い小豆《あずき》は、少量でも「甘いものを食べた」という満足感を得られる。

「ちなみに、量はもっと多いですよ。中では、この器《うつわ》に入れてお出しします」

サンプルとして、一つ持ち出していたガラスの器《うつわ》を見せる。その大きさを見て、同じ男性に「そんな値段で本当にいいのか？」と尋ねられたので、首を縦に振った。

周囲に集まり試食している人たちが、頭の中でどれだけお得か計算しているのが伝わってくる。

不満に思われるようなことはないはずだ。この金額で、目新しくて冷たいデザートを口にできる機会は、そうないと思うから。

「ん」

その時、ギルバートがお金を差し出してきた。

試食だけではなく、お客様の第一号にもなってくれるつもりらしい。

「ギルバート。カードが……」

続けようとした私を、ギルバートは視線で制した。

黙ってろ、と目が言っている。

私は内心わずかに戸惑いながら、念のために用意していた料金箱に硬貨を入れてもらった。そしてガラスのカップを設置し、新たにかき氷をガリガリと削り始める。

そこでようやく、ギルバートの意図がわかった。そして自分の浅はかさも思い知らされ、まいったな……と思った。

ギルバートに渡してあるカードは、特別なものだ。色々と手伝ってもらったことに対するお礼。でも、事情を知らない他のお客さんからしたら、特定のお客さんだけをひいきしているように見えてしまう。

今、この場で使うべきではないことを、ギルバートはちゃんと理解していた。

その事実が、少しだけ悔しかった。商才を感じた。

これが、私と――生まれた時から商家で生まれ育った人間の違い。

「はい、どうぞ」

けれど、悔しさ以上に彼の優しさが嬉しくもあった。

私――そして、ホテルラフレシアのためにしてくれたこと。

ギルバートは本当に、聡《さと》い。頭の回転が速くて頼りになって、優しい。

将来、絶対にいい男になるだろう。私でよければ、お墨付きをあげたい。

涼しげなガラスの器《うつわ》に盛られたかき氷を見た人たちから、「ほう」と感嘆《かんたん》したような声が聞こえてきた。

「ソースはどちらにする？　今度は杏子《あんず》にする？」

「いや、苺《いちご》で。お前が……一番好きな味なんだろ」

「え？　何？」

「な、なんでもねーよ」

後半、声が小さくて何を言ったのかよくわからなかったから聞き返したのだが、なぜだか軽く怒られてしまった。どうしたんだろう。男の子ってよくわからないところがある。

二杯目のかき氷を食べ始めたギルバートは、また「うめえ」と言った。

「さあさあ、かき氷はいかがですか～？　甘くて美味《おい》しいかき氷ですよ～」

試食を終えた人たちが、一人、また一人とホテルの中へ入っていく。

彼らがこのまま宿泊するわけではないけれど、いつかどこかで、いいホテルを探している人がいた時に、ラフレシアの名前を出してくれたらそれでいい。

試食をするお客さん、それからホテルの食堂でかき氷を食べていくお客さんがどんどん増えていく中、ギルバートは途中から手伝いにまわり、最後までつき合ってくれた。

＊＊＊

今日の分として用意しておいた材料が全部なくなった時には、私もギルバートも、そして食堂を担当していた両親も、疲れ果ててぐったりとしていた。

「ギルバートくん。君がいてくれて、本当に助かった。青竹《あおだけ》の器《うつわ》だなんて、君はとても才知に恵まれているね。今夜はうちでご飯を食べていきなさい。せめてものお礼だよ」

微笑むお父さんに、ギルバートは「どうも」と軽く頭を下げる。

ぶっきらぼうというよりも、手放しに褒《ほ》められて照れてしまっているんだと思う。

「ギル。本当に、今日は色々とありがとう。もしいつか、あなたが困った時には、今度は私が助けになれるように、頑張るわ」

「……別にいいよ」

「恩ぐらい感じさせてよ。本当に感謝しているんだから」

青竹《あおだけ》の器代《うつわ》と、今日のお手伝いの賃金を一緒に入れた袋をギルバートに手渡そうとするも、彼は首を横に振って受け取ろうとしなかった。

「竹は俺んちが管理している敷地で手に入れたもんだし、加工の手間も大してかかってないから、いらねーよ」

そう言って固辞するけれど、こちらとしては、そういうわけにはいかない。

「ギルバート。受け取ってもらわないと困るわ。これはきちんとした、あなたが得るべき対価なんだもの」

「いらねーよ。正式にうちの商会として受けた仕事じゃないし。俺が勝手に準備して、俺が勝手に手伝っただけだ」

「それでも……」

「別に金には困ってねーもん」

貧困と無縁な生活を送るギルバートらしい言葉ではあったが、引き下がるわけにはいかない。

どう言えば受け取ってもらえるかな、と考えていると、思わぬ助け舟が出た。

「だったら、今度からは正式に君のお店に注文をお願いするよ。オーナーとしてね」

穏やかに微笑み、目元にうっすらと皺《しわ》を作ったお父さんが、ギルバートにそう語りかけた。

ギルバートはまだ何か言いたそうにしていたけれど、結局、仕方ないといった風に頷《うなず》いてみせる。

「でも、アンジェリカ。今日の分はいらねーぞ。俺は級友として、お前の手伝いをしただけだ。いいものも、もらったしな」

ギルバートは、私が渡したかき氷のカードを出し、かすかに笑う。

どうしようと思ってお父さんを見上げると、お父さんは私の頭を撫《な》でた。

「だったら、今夜はたくさん食べていってもらわないと、困るね。お金で払わせてくれないんだったら、自慢の料理でもてなすしかない。もしも親御さんがいいとおっしゃるなら、うちのホテルに泊まってくれてもいいんだけど……」

「は⁉ お、俺が、このホテルに、とま、とまとまっ……泊まる⁉」

「君さえ嫌でなければ。あと、ご両親の承諾が得られればね」

「……ちょ、ちょっと家に、帰ります……です」

ギルバートはぎくしゃくと玄関まで歩き、その後は一気に走り去ってしまった。

お友達の家にお泊まりするくらいであんなに喜ぶなんて、ギルバートったら可愛い。

一時間ほど経つと、お泊まりの準備をしたギルバートがホテルへやってきた。無事に両親から許可を得ることができたらしい。

その日の晩は、ホテルにいる全員でテーブルを囲んで楽しく――たまに、レノアさんとギルバートのくだらない口喧嘩《くちげんか》が勃発《ぼっぱつ》したけれど――平和な夜を過ごした。

＊＊＊

一週間後。

ホテルラフレシアの食堂は大繁盛していた。

「子供サイズを三つちょうだい」

「はーい！　食べ終わった器《うつわ》を返してくだされば、次に買う時に割引しますよ〜」

すっかりかき氷を削るマシンのようになってしまった私は、ガリガリと氷を削りながら、決まり文句を忘れずに言う。

かき氷を販売するようになってからというもの、日中はキッチンのカウンターに立ちっぱなしだった。

ここはテーブルに一番距離が近く、お客さんも見ようと思えば、私がかき氷を作っているところが見られるのだ。

かき氷にはサイズが二つある。食堂の中で食べる場合はガラスの器《うつわ》に入れるのだが、これが大きいほう。そして、青竹《あおだけ》の器《うつわ》に盛ったのが小さいほう。これは外で食べ歩きができるのだけど、洗った器《うつわ》を店に戻してくれれば、次回購入時に少し値引きすることにしている。そのおかげか、ほとんどの人たちが返しに来てくれていた。

大盛況だというのに、私は胸の中でそっとため息をこぼす。確かに、かき氷目当てのお客さんは増えた。連日、食堂は賑《にぎ》わっているし、持ち帰りのお客さんも多い。

けれども、ホテルとして成功しているかと聞かれたら、決して「はい」と言えるものではなかった。

一定の宣伝効果はあっただろう。

しかし、宿泊までこぎつけることができていないのだ。食堂には来てくれるけれど、泊まってはもらえない。

また、安く設定したかき氷の料金も裏目に出始めていた。

赤字というわけではないけれど、ほとんど利益が出なくて……

それに――

「やっぱり、他で食べるかき氷よりも元祖がうまいもんだな」

「そうね。このシャリシャリ感は、他の店では味わえないわ」

嬉しそうなお客さんの会話を耳が拾う。

もう一度、胸の中で息を吐く。

褒《ほ》めてもらえて嬉しいけれど、素直に喜べないのは「他の店では」という言葉のせいだ。

実は、うちでかき氷を売り出してからほどなくして、似たものを出す店が出始めたのだ。

かき氷は、氷を削ってソースをかけるだけなので、誰でも作れてしまう。

冷たいデザートに馴染《なじ》みのない世界だからこそヒットしたわけだが、「氷を削って食べる」という発想さえ生まれてしまえば、それに追随《ついずい》したくなるのは当たり前だと思う。

幸い、他の店はかき氷器を持っていないから、うちと同レベルのものは今のところ提供できていない。どこもアイスピックで氷を荒削りして出しているらしい。

だが――いずれ似たような器具はすぐに開発されるだろう。

職人さんであれば構造もわかるだろうし……

うちのホテルと同じレベルの商品を出せるようになるのは、時間の問題だ。

私は焦《あせ》り始めていた。

かき氷大作戦を思いついた時はナイスアイデアだと自分を褒《ほ》めたけれど……甘かったかもしれない。

「ご主人公様ぁ～、甘くて美味《おい》しいですね～」

かき氷を削っている私の一番近いテーブル席は、レノアさん専用の席のようになっていた。毎日ほとんど一日中、レノアさんがこの席に座っているので、他のお客さんが座ることはなかった。

ただ……チラホラと、このテーブルへ熱く注がれる視線がいくつもある。特に、私より少し年上くらいの、若い娘さんたちの視線が主《おも》である。

最初はかき氷目当てでやってきたようだが、彼女たちは気づいてしまったのだ。

この店に……実は超絶美形がいることに。それが、彼……レノアさんである。

私からすると非常に残念な人物なのだが、よく見れば彼はかなりの美形。「あの人、格好は少しアレだけど、よく見たら超かっこいい！」となったわけだ。

レノアさんは何度か彼女たちから声をかけられていたが、すべて無視。私だったら、その時点で引いてしまうのに、女の子ってすごい。

「そんなところもクールで素敵！　ミステリアスなイケメン！」となってしまった。

直接話しかけると機嫌を損ねるので、遠巻きに見守ろう……というスタンスで、彼女たちはレノアさんを見つめに、かき氷を食べにくるのである。

客寄せパンダになってくれるのはいいんだけど……

「レノアさん。そろそろ温かいものを食べてください。お腹、壊しちゃいますよ」

こうやってレノアさんに話しかけると、女の子たちが厳しい視線を向ける。

あなたたちは知らないでしょうが、彼はなかなかの変態ですよ。

そう言えたらすっきりするのに……仕事中だから、それは無理な話だ。

「大丈夫ですー、そんな貧弱な内臓は持ち合わせていませんのでー」

のんびりと答えるレノアさんは、今日すでに十杯以上のかき氷を食べていた。

今にも倒れてしまいそうなくらい青白い顔色なのだが、元からこうなので、大丈夫と言うならそうなんだろう。

顔色で、この人の体調を判断することは非常に難しい。

「無理してませんよね？」

「問題ないですー」

「……なら、いいんですけど」

本当に駄目だと思った時は、いくらレノアさんでも自制するだろう。

「ご主人公様ぁ。あまーいですねー」

「そうですか。そうですねえ」

レノアさんは甘い小豆《あずき》を殊更《ことさら》気に入っているらしい。適当に相槌《あいづち》を打つと、「違いますよぉ」と返ってきた。

「ご主人公様はぁー、考えが甘いのですー。本気でホテルの立て直しを考えるのであれば、もう少し値段を高くするべきだったのですー」

「……」

いつもと同じ口調ではあったが、言葉の端々《はしばし》に棘《とげ》を感じる。

思わず手を止めて、レノアさんを見た。彼はこちらを見もせず、かき氷にだけ意識を集中しているかのように、シャリシャリと氷をかきこんでいた。

「だって、子供にも手が届く値段のほうがいいと思って」

自分でも、どことなく言い訳じみた声だと思った。

「値段の安さは、自信のなさの表れ――そう受け取られるとは考えなかったのですか？　この世界で、この食べ物の価値がどれほどのものか、きちんと理解していましたか？」

「それはわかって……」

「本当に？　だとしたら、とっても甘い人ですねー。少し考えれば、すぐに模倣《もほう》されるであろうことは、わかったはずでしょうに」

「……」

さっき、自分でも考えていたことを見抜かれたようで、うまく言い返せない。

口を閉ざし、眉をひそめて言葉を探す私を、ようやくレノアさんが見た。

言葉の辛辣《しんらつ》さとは違って、その瞳には楽しそうな光が宿っている。まるで、獲物を嬲《なぶ》る猫のような。

いつもとは正反対の目に、足がすくむ。

厳しくて、怖い人だと感じてしまう。

「きっとあなたの養父母は、始める前からわかっていたと思いますよー。ホテルの立て直しにはさほどの効果がなく、すぐに模倣《もほう》されるであろうことはー」

予想もついていなかった指摘に虚《きょ》を衝《つ》かれて、ハンドルを握っていた手にグッと力が入った。

結果が出始めて私がようやくわかったことを、お父さんたちは最初から気づいていた？　そんな……

最初から問題のある計画だとわかっていたなんて。

でも、だとしたらどうして、お父さんたちは止めてくれなかったんだろう。

「ご主人公様はー、自分が考えの足りない子供であることを、もう少し自覚したほうがいいと思うのですー」

「……でも、だからって……何もしないでいるなんて、できませんでした」

考えが未熟なのは認めるが、そんな風に言わなくてもいいじゃないか。

確かに思ったほどの効果は得られなかったけれど、前よりほんの少しだけどよくなっている。

私なりに頑張ったのだから、そこまで言わなくたって……

反論したい気持ちでいっぱいになって唇を尖《とが》らせる私を、レノアさんは一笑した。聞き分けのない子供を笑い飛ばすように。

「ご主人公様は本当は欲張りなのに、欲しがらないですねー。もっとズルくなってしまえば、一番手っ取り早くて、一番効果的な方法があることを知っているくせに、その方法を取ろうとしない」

悪巧みに誘うような目だと思った。

私は彼を見返す。

「あなたの願い事なら、何でも叶えてあげるのに」

静かに、レノアさんはそう言った。恐らく、彼の言葉は真実だろう。

でも、それだけは――

「できません」

「頑迷《がんめい》な方だ。でも、あまり悠長なことは言ってられないと思いますよー」

「どういう意――」

聞き返そうとした時、ギルバートが慌てた様子で食堂に走り込んできた。

一直線にこちらにやってくる。

「ギル、どうしたの？　そんなに急いで」

「やられた！」

「え？」

「いいから、ちょっと来い！」

そのまま強い力で引っ張られ、ホテルの裏側に連れていかれた。

「痛い、痛いわよ、ギル！」

「あ、ご、ごめん」

よほど焦っていたのか、自分が力いっぱい私の手首を握り締めていたことに気づいていなかったようだ。

ギルバートはバッと手を離して謝った。

「それで、どうしたの？」

「それがな……」

ギルバートは神妙な顔で語り始めた。他の店でも冷たいデザートを出している、と。

「なんだ、そんなことか。ギルは知らなかったの？　確かに困った話なんだけど、他のお店でもかき氷は人気らしくて……」

「違う、かき氷じゃねぇよ。アイスクリームっていう名前の食べ物なんだ」

「え？」

一瞬、何を言われたのかわからなかった。私はよく知ってる食べ物だけど——どうしてその名前を、ギルバートが口にするの？

それはこの世界には、ないはずの食べ物なのに、なぜ。

「お前は知らないだろうが、なんて説明すりゃいいのかな。白くて冷たい食べ物なんだ。口に入れたら、こう……溶けちまうんだ。甘い、雪みたいな……いや、もっとまろやかな感じで……あんなの、食べたことねぇよ。正直、度胆《どぎも》を抜かれた」

やっぱり――間違いない。

「ちょっと待って、ギル！　それ、どこで食べたの⁉」

「アンジェリカ？」

「ねえ、どこで⁉」

動揺のあまり、ギルバートの服を掴《つか》んで揺さぶる。

こちらにない食べ物。

ギルバートが知るわけのない名前。

「リトル・ロックランドだよ。例の、山にあるテーマパークだ」

ホテル・コッソアーロと同じ会社が経営している遊園地だった。

ものすごいスピードで走る乗り物があるって、町の子供たちが一度は行ってみたいと憧れる場所。

前から名前だけは知っていたし、実際に行った友達から、感想を聞いたこともある。この世界には汽車や車もあるから、遊園地ができても不思議ではないと思っていたのだけれど……

「そこで、食べたの？」

「あ、ああ。園内に売ってて、アイスクリームを食べながら園内を歩くのが、ちょっとしたブームになってるんだ。俺は、家族で行ってきた」

「そう……」

答え、考え込む。やっぱり、引っかかる。

前から、ホテル・コッソアーロについては、色々と思うことはあったのだけど、もしかしたら……

私の予想が正しい可能性は、まるでないとも言えない。なにせ、私という前例があるのだから。

「わかったわ。ありがとう、教えてくれて」

「いや……多分、近いうちにこのことは、新聞の記事になるぞ」

「アイスクリームのこと？」

「それもだけど、お前んとこのかき氷もだよ」

「え？」

「お前んとこは、記事になるのが遅すぎるくらいだ。いや、もしかしたら事前にアイスクリームについて情報を得ていて、ぶつける形にしたいから記事を保留してたのかもな」

「つまり、紙面でうちのかき氷とリトル・ロックランドのアイスクリームを対決させよう、っていうこと？」

ギルバートは頷《うなず》いた。

確かに、夏場の冷たいデザートという、よく似たコンセプトの商品だ。読者を楽しませるため、対決するもののように書くつもりなのかもしれない。

うちのかき氷が新聞に取り上げられることはマイナスではない。宣伝効果は抜群だろう。

けれど、諸手《もろて》を挙《あ》げて喜べるかと言えば、そうでもない。

アイスクリームは、食べたことがない人たちに大きな驚きを与える。

恐らく、かき氷よりもずっと大きな——

作り方がまったくわからない、未知の食べ物として。

「リトル・ロックランドに、ホテル・コッソアーロ……」

どうにかして、その二つの情報をもっと詳しく調べることはできないだろうか？

＊　＊　＊

その数日後、ギルバートが言った通り、新聞にかき氷とアイスクリームの記事が載った。その影響もあり、さらにお客さんは増えた。

町は、ホテルラフレシアのかき氷か、それともリトル・ロックランドのアイスクリーム、どちらを最高のデザートと言うべきかという話題で、大いに盛り上がっていた。

ホテルにやってくるお客さんたちからも、毎日のようにその話を聞く。

ある常連のお客さんが言ったのはこうだ。

「俺はアイスクリームってのも食べたが、あれは胃に重たくて敵《かな》わん。そりゃ最初は美味《うま》いが、そう何回も食べたくなるようなもんじゃないよ」

その人は、かき氷のほうが断然好きだと宣言してくれた。

かと思えば、別の意見もある。

「かき氷も好きだけど……アイスクリームの甘さと口どけのよさは感動ものよ。また食べに行きたいわ」

女性のお客さんは、そうやってうっとり語った。

二つの冷たいデザートが、この町全体を大いに盛り上げているようだ。

他のホテルや飲食店も追随《ついずい》しようと、かき氷もどきやアイスクリームもどきを出してはいるものの、人気も話題も、うちとホテル・コッソアーロが独占している状態だった。

私が持っているかき氷器に似たものも作られてしまったが、ホテルラフレシアと同レベルの商品を提供する店は、結局出てこなかった。

小豆《あずき》がどうにもならなかったのが原因だと思う。

スープの具として使うことはあっても、甘くして食べる文化のなかったこの町の人たちには、上手に小豆《あずき》を甘く炊《た》く方法がわからないのだ。

「他のとこでもこの甘い豆を食べたけど、全然違うな。他の店はただ甘いだけで、食感が悪いし、なんか味がとんがってるんだ」

甘いだけで喜ぶ人も少なからずいるけれど、一度うちで食べたことがある人は、結局、うちに戻ってきてくれた。

かき氷だけが独り歩きしている状態だったホテルラフレシアも、宿泊施設だということが広まり、宿泊を希望してくれるお客さんも増えてきていた。

ホッとしている私とは反対に、レノアさんはどことなくつまらなそうにしている。

レノアさんの指摘は間違いなかったし、私の考えが浅はかであったことも否《いな》めない。

けれど、連日やってくるお客さんたちの顔を見て、確信できたこともある。

それはやはり、ホテルラフレシアの再興に、料理の力が不可欠だということ。

もうすぐ、夏も終わる。涼しくなってくれば、かき氷の販売は終えなければならない。

それまでに、新たなる一手を考えよう。

かき氷よりももっとインパクトがあり、簡単に真似されないようなものを……そして、できれば通年で出せるものを。

＊　＊　＊

その青年が食堂にやってきたのは、今日の分の材料がほぼなくなり、食堂にいた最後のお客さんが帰った直後だった。

レノアさんもいない。前日にノーチェスさんがやってきたのだが、どうやら新作に取りかかることになったらしい。ノーチェスさんは、打ち合わせを終えるとその日のうちに出版社に帰ってしまった。

お父さんとお母さんは商工会の集まりで外出中だ。

ゆえに現在食堂には誰もおらず、ディナータイムの準備をするためにクローズの看板を出そうと思っていたところだった。

まず目についたのは、印象的なピンク色の髪。恐らく染めているのだろうが、よく似合っている。

水色でチェック柄の髪留めでサイドをとめている。

身長は百七十センチくらいだろうか。細身で、スーツを着ていなければ、女の子に見えていたかもしれない。ノーチェスさんとはまた違う雰囲気の、可愛らしい顔立ちをした青年だった。多分、年齢は二十歳にも届いていていない。

悪戯《いたずら》好きの少年が、そのまま大きくなったような——そんな悪戯《いたずら》っぽい光を瞳にちりばめた青年は、人懐っこい笑みを浮かべながら口を開いた。

「もしかして、もう閉めるところだったかな？　噂のかき氷を食べに来たんだけど」

蜂蜜《はちみつ》のような声だと思った。耳の奥でとろけるような、甘い声。

私は慌てて、首を横に振った。

「いえ、ご用意できます」

一人分くらいなら、なんとかなる。青年を迎え入れてテーブルに案内した後、食堂の入り口にクローズの看板を置く。

私が戻ると、青年はすっと手を上げて「悪いね」と言った。

「いえ、お気になさらず」

彼は一番人気の苺《いちご》のソースを注文した。

カウンターでかき氷を作り、青年のテーブルに運ぶ。

「これが噂のかき氷か。お、これが小豆《あずき》だな。甘いビーンズ」

子供みたいに嬉しそうな声を上げて、さっそくスプーンを持つ。私が奥へ下がろうとすると、青年は「ストップ」と言った。

「なんでしょう？」

「他に客もいねーみてーだし、よかったら話し相手になって欲しいんだけど」

ダメかな？　と小首を傾《かし》げる仕草は甘えているように見えると同時に、有無《うむ》を言わさぬ圧力のようなものも感じる。

「……いえ、私でよければ」

「じゃあ、座って。可愛い女の子の顔を見ながら食べるほうが、よりいっそう美味《うま》い」

私は彼の向かいの席に腰を下ろす。

「本当はもっと早く食べに来ようと思ってたんだけど、仕事が忙しくて」

青年は、スプーンでかき氷の山を崩していく。苺《いちご》のソースと小豆《あずき》を器用にスプーンの上で絡め、口へ運んだ。

「へえ！　美味《うま》いもんだな！」

「ありがとうございます」

嬉しそうな声を上げる青年に、礼を言う。

こちらから何か話題を提供するべきだろうかと悩んでいる間に、彼のほうから話しかけてくれた。

「このホテルがとびきり美味《うま》いデザートを食わせてくれるって話は、前々から聞いてたんだ。興味もあった。この町で初めての冷たいデザートだもんな」

気さくに話し、パクパクと美味《おい》しそうに食べ進める。

よく見たら、この人の着ているスーツは一級品だ。ノーチェスさんの着ている服が貴族のように上品なものだとすれば、彼の服はできるビジネスマンにぴったりの流行品というか……

いい生地を使っているが、あくまで実用的な感じ。

この人は、何者なのだろう。ただの金持ち……には思えないけれど。

「ところで、おちびさんはここの娘さん？」

「え、ええ。アンジェリカです」

「可愛い看板娘がくるくるよく働いているって話も聞いてたけど、噂は本当だったわけだ」

「……ありがとうございます」

お世辞であっても、可愛いと言われたら悪い気はしない。

「夏場にかき氷ってのは、いいもんだね。たまに、頭がキーンって痛くなるけど……」

言いながら、その通りになってしまったのか、彼が頭を押さえる。

「大丈夫ですか？」

「あ、ああ。特に、この甘いビーンズが最高にいいね。企業秘密だろうが、作り方を教えて欲しいもんだ」

「それは……」

「あはは、言わなくていいよ。情報は戦力だ。ただの客が、そんな大事なことを聞いて帰ろうなんて、思ってないさ」

青年は笑う。

かき氷は、もう半分以上なくなっていた。

「敵情視察は十分できたしな」

「え？」

「あ、もちろん食ってみたかったってのは、本当だけど」

彼はスプーンを口にくわえ、胸元から一枚の名刺を取り出した。

それを受け取った私は――息を呑んだ。

「今度は、おちびさんがうちに遊びにきてくれよ。あんたの名前を伝えてくれたら、アイスクリームを出すように言っておくからさ」

名刺には、ホテル・コッソアーロの名前が印字されていた。

そして、彼の名前と役職も。ガルフォード・ライン、ロケットヒーローズ社代表取締役。

「あなたは……」

「ガラって呼んでくれ、ホテルラフレシアの看板娘さん。まあ、商売敵《しょうばいがたき》になるが……できれば嫌わないで欲しいな」

完食した彼はそう言うと、椅子から腰を上げた。テーブルに代金を置いた手を見てみると、爪まで綺麗に手入れされている。

彼の正体を知った後では、笑顔も挑戦的に見えてくる。

この人が、あのホテル・コッソアーロの経営者。

若いとは聞いていたけれど、いくらなんでも、若すぎる。それに、一人の護衛もつけずに来たのだろうか。

「……一人でいらっしゃったんですか？」

ホテル・コッソアーロを経営するロケットヒーローズ社が、本当にガリレーゼ・ファミリーと関係があるのなら、一人で出歩くなんて、不用心なのではないだろうか。

「そうだけど、なんで？　デザートを食いに来ただけだしな」

ついさっき、敵情視察だって堂々と言ったくせに、明るく笑い飛ばした。そして彼は、じゃあなとウインクし、さっと踵《きびす》を返して玄関へ向かっていく。

「あ。そういえば、おちびさんは『コーラ』って知ってる？　黒くて泡の立つ、セクシーでパンチのある飲み物なんだけど。……ま、知るわけないよね」

彼はそう言い残して、出ていってしまった。

私は茫然《ぼうぜん》として、彼の言葉を頭の中で何度も反芻《はんすう》する。突然ライバルホテルの代表がやってきたことにも十分驚いたけれど……

「コーラ、ですって？」

それは、この世界にない飲み物。

ロケットヒーローズ社という名前も、初めて聞いた時に驚いたものだ。

だって、この世界にはロケットというものは存在しないから。

私の両親も、「ロケットとはどういう意味なんだろう？」と言っていた。

ロケット、アイスクリーム、それからコーラ。

どれも、こちらの世界にはなくて、私は知っているもの。

これまで薄々感じていたことが、確信に変わっていく。

「レノアさんに、聞かなくちゃ」

きっと、彼なら——何かを知っている。

3　お子様プレートで一発逆転を

遠くから、声が聞こえた。

この糸くずの塊《かたまり》を、綺麗にほどきなさい。

あなたは少しせっかちなところがあって、手っ取り早く白黒をつけたがる。ほらほら、そんなに苛々《いらいら》していては、ますます絡まってしまいますよ。そう……そう。落ち着いて、一本一本ほどきなさい。

ほら、時間はかかるけど、綺麗にほどけたでしょう?

焦《あせ》らず、一呼吸置くことが大事なのですよ。万《よろず》のことを、落ち着いてやりなさい。

落ち着いてさえいれば、あなたにはそれを乗り越えられるだけの才はあるし、たとえ天賦《てんぷ》の才はなくとも、目的のために努力をし続けることのできる力は、誰の中にも眠っているものですからね。

万《よろず》のことは、落ち着いて。

糸をほどくように――

それが、お客様のためにも繋がるのですからね。

ベッドの中でパチリと目を覚ます。
どうやら、夢を見ていたようだ。
和室みたいなところで、誰かが私の前に座っていた気がする。
とてもためになることを言われたと思うが……よく思い出せない。
涙が出るくらい懐かしい声だと思ったのに。誰の声？
やっぱりわからず、ため息を落とす。
……思い出せないものは仕方がないか。さて、今日も元気に頑張らないと。
私は身体を起こした。
「よーし、やるわよー！」
ホテルラフレシアの看板娘、アンジェリカの朝は元気に始まるものなのだ。

＊＊＊

「ごめんなさいね。この子、好き嫌いが多くて」

夕食の席で申し訳なさそうに謝る婦人を見て、こちらのほうこそ申し訳ない気持ちでいっぱいになった。

本日の宿泊のお客様は、このテーブルについている一家族と、ビジネスでやってきた男性、それから初老の男性の三組だった。

元々、このご家族はご夫婦二人で宿泊を承《うけたまわ》っていたのだが、急遽《きゅうきょ》子供も一緒にということになった。

お子様一人くらいならば……と、こちらも了承したのだが、夕食に出したメニューのほとんどに、件《くだん》のお子様は手をつけてくれなかった。

本日のディナーは、魚介類がメインのサラダ、チーズの燻製《くんせい》盛り合わせ、魚介のスープ煮、鴨《かも》のビネガーソースがけ、それにパンと食後のコーヒー、デザートである。

まだ五歳程度の小さなお客さんは、先ほどからパンとスープしか召し上がらない。

どうやら野菜もチーズも苦手で、おまけに鴨《かも》にかかっているビネガーソースも口に合わないようなのだ。

スープの味は気に入っているようだけど、中に入っている魚介が食べにくいようで、食事が進んでいなかった。

「……だって美味《おい》しくないし、食べにくいんだもん……」

「こら、わがままを言うんじゃないの。こんなに、美味《おい》しいのに」

怒られてシュンと下を向く姿に、同情する。

お父さんの名誉のために言っておくが、ビネガーソースは、とても美味《おい》しい。ただ、子供の舌にものはなかった。

馴染《なじ》まないだけだ。元々、お子様が来るとは思っていなかったので、メニューにも子供を意識した

「食べやすくしたお魚ならどうかな？」

厨房《ちゅうぼう》から様子を覗《のぞ》きにきたお父さんが、膝《ひざ》を落として男の子と目線を合わせながら、穏《おだ》やかに尋ねた。男の子は少し悩むようなそぶりを見せて、小さくこくんと頷《うなず》いた。

「……食べやすいなら……食べられる……かも」

男の子の返事を聞いたお父さんは再び厨房《ちゅうぼう》へ下がり、しばらくしてから料理を一品持ってきた。

「白身魚のクリーム焼きです」

テーブルに運ばれたのは、白身魚の上にホワイトソースをかけてオーブンで焼き色をつけた――いわゆるグラタンだった。

なるほど。グラタンならば、小さな子供でも、比較的食べやすいだろう。

「熱いから、気をつけて食べてね」

白いソースが珍しいのか、男の子はフォークでチョンチョンとつつく。

そして、彼を見守っているご両親の顔を見上げた。

「……食べなきゃだめ？」

「だめ。美味《おい》しいわよ」

厳しい顔で言われて、むぅと眉間に可愛らしい皺《しわ》を作りながら、その小さなお口を開けてグラタ

ンを食べた。熱かったのか、ハフハフとほっぺを赤くしている。

「……美味《おい》しい」

小さな声でそう言うのを聞いて、私たち全員から安堵《あんど》の息が漏《も》れた。

どうにか、小さなお客さんにも食事を進めてもらえたものの——結局、完食には至らなかった。

サラダの野菜には手をつけず、グラタンも、半分くらいでやめてしまった。偏食というだけでなく、元から小食でもあったのだろう。

美味《おい》しいと言った割に、すべて食べてくれなかったことを、少し残念だと思う。

ご両親は申し訳なさそうにしていたけれど、お父さんは笑うだけだった。

今夜の出来事は教訓になった。何より、ホテルラフレシアの欠点もわかった。

うちには、小さなお子様に対応できるメニューがない、ということが。

この男の子が偏食気味だったということは事実だが、それを抜きにしても、小さな子供が喜ぶようなメニューはないに等しい。

今まで、予《あらかじ》めお子様がいるとわかっていたら時は、食べやすいように食材を小さく切ったりはしてきたが、配慮するのはそれくらいで、メニュー自体を子供向けにするわけではなかった。

そもそも、小さなお子様を連れて来るお客さんは、前もって自分たちで子供の分の食べ物を持ってきていることが多い。

それが、普通だった。こちらの世界では、子供向けのメニューを外で食べるのは一般的ではないのだ。

大人も子供も同じものを食べる。違うのは食材の大きさや量だけ。変えるとしても、香辛料の使い方くらいのものだった。

下げたお皿を洗いながら、ずっと考えていた。

子供向けかぁ……

「アンジェリカ？　どうしたんだい？」

考え事をしていたせいで手が止まっていたらしい。

近くでコップを拭いていたお父さんを見上げる。ちなみに、お母さんには先にお風呂に入ってもらっている。

「ねえ、お父さん。食事の内容で、メニューを増やすのって、やっぱり負担が大きいかな？」

「ん？　何だい、また、何か新しいアイデアでも浮かんだのかい？」

興味深そうな目をして見返してきた。優しい顔で、私を柔らかく見守ってくれる。この眼差《まなざ》しの前では、私は隠し事ができなくなる。

「……まだ構想中なんだけど……」

私は、自分の考えをどうにか頭の中でまとめながら、話す。

今夜思ったこと、それは子供向けの食事メニューをどうにかできないか、ということ。

「でもそれって、メニューが増えるってことだし……お父さんの負担になるかなって」

もちろん、私も手伝う気は満々だけど、プロの腕には敵《かな》わない。実際に作るのはお父さんだ。お父さんが嫌だと言えば、計画自体立ちゆかない。

ホテルラフレシアのオーナーとしても、シェフとしても。すべては、お父さん次第だ。

「いいや、大丈夫だよ。お父さんはこう見えて、器用だからね。アンジェリカが何をしようとしているのかわからないけれど、止めはしないさ」

「……ありがとう」

かき氷の時と同じように、お父さんは簡単に私の背中を押してくれた。全幅《ぜんぷく》の信頼を寄せてくれるお父さんに、嬉しいと思う反面、不安にもなる。

私は、この人たちが私に向けてくれる愛情に対し、ちゃんと報《むく》いているだろうかと。ちゃんと、この人たちの役に立っているかなって。

「……失敗しちゃったら、ごめんね？」

「やる前から心配するのは気が早いよ、アンジェリカ」

おっとりと微笑むお父さんに、私は弱々しく笑い返した。お父さんの言う通りかもしれない。やる前から及び腰になるのは、性に合わない。

けれども、かき氷の時に得た教訓を今度はちゃんと生かそう。

価値を、間違えないようにしないと。

失敗はもうしたくない。

「お父さん。お子様ランチを作ろう」

「お子様ランチ？」

日本の子供なら、一度はお目にかかったことがあるであろう——お子様だけの特別メニュー。

もう、これしかない。

「そう。お子様向けのメニュー。お子様を狙って、ファミリー層を一網打尽《いちもうだじん》」

「言いたいことはわかるけど、アンジェリカは血気盛《けっきさか》んだね。お母さんに似たのかな？」

「え？　お母さんに？」

私とお母さんとの間に血の繋がりがないことは承知の上で、お父さんは平然と、私とお母さんが似ていると言った。まるで、私たちの間に血の繋がりがあると、心から思っているかのように。

だから私も、「似てるわけないでしょ。血が繋がってないんだから」なんて、無粋《ぶすい》なことは言わなかった。言うわけがなかった。

「お母さんて、血気盛《けっきさか》んだったの？」

「お母さんがアンジェリカと同じくらいの時は、それはもう、とてもかっこいい女の子でね。お父さんはそんなお母さんに一目ぼれしてしまって……今に至るわけだよ」

「え!?　お父さんたちって、そんな昔からの付き合いなの!?」

二人の馴《な》れ初《そ》めを聞くのは、初めてだった。今の私と同じ年頃——つまり、青春真っ盛りの時に出会い、結婚もしてしまうだなんて。

ギュン！　と一気に、好奇心メーターが上がる。

お父さんたちって、あんまり昔のことを話してくれないから、これは貴重なお話である。私も、前の世界のことをどう話していいかわからないから、何も言ってないのだけれども……もうちょっと踏み込んで聞くチャンスかもしれない。

お子様ランチのことはいったん横に置いて、ズズイッと好奇心に満ちた瞳を、お父さんに向けた。

「どうやって出会ったの？　昔のお母さんて、どんな感じだったの？　お父さんは？」

「おいおい、アンジェリカ。そんな……恥ずかしいなぁ」

「ねえ、教えて。恥ずかしがらずに！」

「義理の父娘《おやこ》で羞恥《しゅうち》プレイだなんて、嫉妬《しっと》!!」

いきなり別の声がしたかと思うと、キッチンカウンターの入り口で、レノアさんがものすごい形《ぎょう》相《そう》でこちらを見ていた。

いつの間に……。相変わらず神出鬼没《しんしゅつきぼつ》だ。しかし、今はレノアさんに構っている暇はない。貴重なチャンスを逃してなるものか。

「レノアさん」

「はい！　なんでしょう、ご主人公様」

「ハウス。お部屋へ戻ってください」

「わん」

きゅうーん、としょんぼりした鳴き声を上げて、レノアさんは思ったよりも素直に退場してくれた。

いつもそうだったらいいのに。

「ほら、お邪魔なレノアさんは消えたから、続きをどうぞ、お父さん」

「待っておくれよ、アンジェリカ。ほっぺが熱くなってきたじゃないか」

「お母さんとどんな風に出会ったの？」

どうにか煙《けむ》にまこうとしているらしいお父さんを逃さず、質問を重ねる。

お父さんとお母さんのことだから、きっとふわふわほんわりのラブストーリーに決まっている。

聞いただけで、癒《いや》されそう。

「……ふう。アンジェリカの強引なところは、ぼくに似たのかなぁ……」

「え？　お父さんが強引？」

そんなこと、一度も思ったことはない。いつだって、他人の意思を尊重する、とても穏《おだ》やかで優しい性格なのに。もしかしたら、お父さんの中の基準では強引ということだろうか。だったら、人の話を欠片《かけら》も聞こうとしないレノアさんは、どうなるんだろ。

「お父さんが困っている時に、お母さんが助けてくれたのが初めての出会いなんだ。お母さんはとても綺麗で優しくて、そしてかっこいい女の子でね。お父さんは一目見た時から、お母さんに強く惹《ひ》かれて……拝み倒しておつきあいを始めたんだよ」

「お、お父さん……す、すごい……！」

「お父さんはお母さんよりも、年下だからね。最初は受け入れてくれなかったんだ」

「え？　お母さん、年上だったの？」

同じ年か、お父さんのほうが一つか二つ上だと思ってた。

「お父さんが、三つ下だよ。お母さんは、いつまで経《た》っても若くて綺麗だけどね」

「お父さんだって十分若いわよ」

心からそう思って言うと、頭を撫《な》でられた。

「さ。思い出話はおしまい。そろそろ、眠らないと」

「えー。もっと聞きたかったのにー」

「アンジェリカがお嫁に行く時に、もっと詳しく話してあげる」

約束をして、私は自分の部屋へ戻った。

明日からは、お子様ランチのメニューについて考えなければ——

＊＊＊

「ねえ、食べ物では何が嫌い？」

町の片隅にある広場に、私の声が響く。

お父さんとお母さんの出会いについて聞いた翌日、私は学校に通う知り合いの子たちに声をかけて、できるだけ多くの子供を集めてもらった。目的はアンケートに答えてもらうこと。報酬《ほうしゅう》は、お母さん手作りのクッキーである。

もうすぐ夏休みも終わってしまうので、ゆっくりと時間が取れなくなる。だからすぐに動いた。

学校の授業が行われるのは日曜日だけなのだが、それ以外の活動が山のようにあるのだ。ピクニックやバザー、運動会、演劇会……などなど。みんなでやる、ありとあらゆる行事が目白《めじろ》押《お》しなのである。

私たちの住んでいる地域では、保護者が共働きをしていることが多い。子供をどこかに連れていってあげたりすることがなかなかできないので、学校の先生たちが代わりに色々な経験をさせてくれるのだ。よく遊び、よく学べ。その言葉を実践しているのが学校である。

ピクニックはその日限りでいいのだが、それ以外のことは準備や練習が必要になるので、結果として毎日忙しいのであった。

その慌ただしい学校生活ももちろん楽しいのだが、今はホテルラフレシアのことに集中したい。かき氷が美味《おい》しく感じられる間に、この問題について決着をつけておきたかった。

「やさいー」

「私も」

「ぼくも」

「私、お魚。骨がいっぱいのやつ」

「……ぼく、お肉嫌い」

「えー⁉　お肉が嫌いな人間なんているのか⁉」

「ここにいるよ！」

平均して六歳から十歳程度の子たちを集めたのだが……うーん。

皆、嫌いなものって結構あるのね。私、食べられるものなら何でも食べるから……

「じゃあ、お肉が一番嫌いな人は？」

上がった手は一つ。肉嫌いは少ないみたいだ。

「どうしてお肉が嫌いなの？」

「だって、硬くて噛《か》みきれないし……なんだかボソボソするんだもん」

「味が嫌いなわけじゃないの？」

「味は……別に。でもやっぱり、そんなに好きでもないよ」

食感に、味も……好きではないと。でも、それらを変えればどうにかできそう。

「じゃあ次に、お魚が一番嫌いな人は？」

今度はいくつかの手が上がった。港町に住んでいるというのに、何ということだ。

「飽きちゃった」

「骨が多くて食べにくい」

飽きちゃったのか……。骨が多くて食べにくいのも、小さな子にとっては大きな悩みなのかもしれない。

「じゃあ、お野菜が一番嫌いな人は？」

一気に手の数が増えた。どこの世界も、子供は野菜嫌いなものなのかな。

「でもうちのママは、お野菜は身体にいいからって、無理やり食べさせるんだ」

「そうそう。身体によくても、まずいから食べたくないよ」

「私のママは、お野菜を食べたらデザートを食べさせてくれるわ。でも本当はやっぱり、お野菜は嫌いだから、食べたくないの」

みんな口々に、野菜嫌いの大合唱。

「お野菜、美味《おい》しいよ？」

野菜のフォローを試みたが、ブーイングが起こる。

「そりゃ、アンジェリカねーちゃんの家はホテルだもん！　お父さん料理人じゃん！」

「そうだそうだ。美味《おい》しく料理してくれるんだろ！」

……藪蛇《やぶへび》だった。

言われてみたら、確かにそうだ。うちはお父さんが料理のプロだから、野菜も美味《おい》しく仕上げてくれる。

私はこちらに来てからずっと、両親が作る食事しか食べたことがない。もしかしたら、他の人たちが作った野菜料理は美味《おい》しくないのかな……

「ね、ねえ。ギルはどうなの？」

私の後ろで黙って立っていたギルバートに意見を求めてみる。

彼は「暇だから」と、私たちの秘密の会議に参加しているのである。

「俺か？　俺は別に嫌いだと思ったことはないけどな」

「ほら、ギルだってお野菜は好きだって言ってるわよ」

私一人の意見じゃないことを強調する。

だが――

「うちは金持ちだからな。ガキの頃からいい素材のものを食ってるから、そんなに好き嫌いなんてねーんだよ」

「ちょっと、ギル……！」

どうしてそう、余計なことを！

お子様軍団が、再びキャンキャン言い始めた。

「だって、『うちは貧乏だ』なんて言うほうが、イラッとするだろうが」

それもそうだ。彼の家は大きな商家で、町の誰もが知っているほど有名だ。小さな子供だって、ギルの家が裕福であることを知っている。

「なんにせよ、やっぱり野菜嫌いをどうにかしないといけないわよね」

私は顎《あご》に手を当てて考えた。

お子様ランチは、一つのプレートにいくつものメニューが載っている、お楽しみ要素の強い食べ物だ。味はもちろん、見た目のよさも重視される。

だが何より、子供の興味を惹《ひ》かなければ意味はない。

子供の好きなメニューだけを載せれば、喜んで食べてもらえるだろう。日本にいた時も、お子様ランチは子供の好きなメニューのオンパレードだった。オムライスやスパゲティ、からあげ、ハンバーグ、エビフライ。それにプリンなどのデザートと、ジュース。組み合わせは色々あるけれど、大体そういったメニューだったはず。

野菜は大抵、彩《いろど》りを加える程度の役目だった。

商品としてはそれでもいいのかもしれない。

でも、私は思うのだ。子供が食べるものだからこそ、もっと栄養面を充実させるべきではないかと。

好きなものを食べるのは、楽しいだろう。親御さんだって、食べさせるのが楽だと思う。だけど、せっかくなら、野菜も喜んで食べてもらえるメニューにしたい！

と、思ったわけだけど。

「お野菜……嫌い？」

「きらーい!!」

子供たちは声をそろえて言った。

これは、思った以上に難問になりそうだ。

＊＊＊

「うーん。うーん……」

「うーん、うーん」

二つのうなり声が重なった。

私とレノアさんのものだ。

いつもと同じようにテーブルにつき、私たちはそれぞれ違う悩みを抱《かか》えてうなっていた。

私はお子様ランチに載せるメニューの内容で。

レノアさんは仕事のことで。どうやら彼は、次の新作について、色々悩んでいるらしい。

夕食を終え、他のお客さんはもういないので、どちらも思う存分、うなりまくりである。

「何か、いいアイデアはないかなぁ」

「仕事をさぼるいい言い訳はないかなぁ」

……違った。小説の内容について悩んでいるわけではなかった。

「レノアさん。小説のお仕事は嫌いなんですか？」

「いえ、別に。ただ面倒なだけで……ぼくは基本的にできないことはないのですが、それなりに時間がかかることはあるんですよねー」

できないことはないなんて、サラリと言ってのけるレノアさんが憎らしい。

「ちなみにー。ご主人公様が頭を悩ませている問題については、ぼくの力でどうとでもできますよ。ぼくは、超お役立ち男ですからー」

「大丈夫です」

「本当にどうしようもなく困ったら、ぼくを頼ってくださいね。ぼくは、ご主人公様の頼み事を叶えるために、そばにいるのですから」

「……」

レノアさんが、普通の人間だったらよかったのに、と思う。ギルバートのように、頼み事をしても、気軽にお礼ができる相手なら、頼ることだってできるのに。

でも、レノアさんが相手の場合……お願い事は、〝命令〟になってしまう。

「かき氷器を用意してくださったでしょう」

「ぼくが求められたのは、たったそれだけです。まだ、足りない」

「あれで十分なんです。いえ、頼りすぎたくらいです。あの時、レノアさんにしかできなかったことだから」

私は彼がどういった存在なのか、すべてを知っているわけではない。

それでも、彼に全身で寄りかかることは、しないでおこうと思っている。

この世界にまだないものを、無理に頼んで用意してもらった。彼は「武器商人から譲ってもらった」と言っていたけれど、今この世界に生きる人であるかどうかは言わなかった。私も、あえて聞かなかった。


「あなたの願い事を叶えたいんです。ぼくは、そういう生き物ですから」

深々《しんしん》とした夜のような、真っ黒な瞳が私を映す。

この人の、私に頼られたいと思う様子は――少し、普通ではないと思う。

「ありがとうございます。その気持ちは、とても嬉しいです」

お礼を口にした私は、ちゃんと笑えていたかな。

どう伝えれば、わかってもらえるだろうか。

あなたを、利用したくないのだと。

テーブルの下でスカートを握り締めて、次第に力を抜いていく。

「じゃあ……少し、力を貸してください」

もう一度、笑ってから言う。

レノアさんにしかできないことではなく、誰にでもできるお願いを。

「お子様ランチという、子供向けのメニューにお野菜をなるべくたくさん盛り込みたいのですが、どんなメニューがいいのか……まだいい案が浮かばないのです」

アドバイスをお願いします、と言うと、レノアさんはむぅと唇を尖《とが》らせた。

「またそうやって、誰にでもできるようなことを」

「れっきとしたお願いですよ。今の私にはとても大事なことです」

「富や名声だって、提供しますのに」

「アドバイス一つで十分です」

私がこの人相手に願うのは、本当にそのくらいのものなんだけどなぁ。

レノアさんは唇を尖《とが》らせたまま、それでも案を出してくれた。

「メニューうんぬんは浮かびませんがー、子供向けなら、何か小さなおまけとかつけたらどうですかー」

「ああ、なるほど」

玩具のおまけは、お子様ランチの定番である。

「本当にちょっとしたものなら、用意できそうです」

おまけと言われた瞬間、頭に浮かぶものがあったのだ。

久々だけど……ちゃんと、作れるかな。

その時、お父さんが顔を覗《のぞ》かせた。

「アンジェリカ」

「え？　あれ？　部屋に帰ったんじゃないの？」

「これを読んでごらん」

お父さんは、ふふ、と笑ってから、一冊の分厚いノートを取り出した。ずいぶん古くて使い込まれているが、大事なものだということはすぐにわかった。

「これは？」

「お父さんの秘密のレシピノートだよ」

「え……？」

「何かの役に立つかもしれないからね」

目の前に差し出されても、私は受け取ることができなかった。

だってこれは……

戸惑ったまま、どうしたらいいかわからず見上げると、お父さんは笑っていた。

「何もかも一人きりでやろうとしなくてもいいんだよ」

シェフであるお父さんにとって、レシピノートは、何より大事なものであるはずだ。簡単に、他の人に見せていいものではない。実際、私は今までこのノートの存在を知らなかった。

「見てもいいの？」

「もちろん。アンジェリカ、君が望むなら」

そう言って、お父さんは私の隣に座った。

そして、こつんと額を合わせてくる。そこからお父さんの体温が伝わってくる。

「ぼくたちにできることなら、何でも手伝うよ。ぼくたちの、大事なアンジェリカ。君がこのホテルラフレシアのために誰よりも一生懸命になっていることは、よくわかっているからね。君はとてもいい子だ。でも――」

腕が伸びてきて、そのままぎゅっと抱き締められた。「ひぐっ」と変な声が出た。

「頑張りすぎなくていいんだからね」

ぽんぽん、とまるで赤ちゃんをあやすように背中を叩かれて、じわじわと耳の下辺《あた》りから熱を感じる。お父さん……それは、反則なんじゃないでしょうか……！

お父さんの抱擁《ほうよう》から解放された私は、ふにょん……と全身から力が抜けて、椅子に座ったまま、テーブルに突っ伏した。

「あまり遅くまで起きていたらダメだよ、アンジェリカ。作家先生も、おやすみなさい」

「お、おやしゅみなさい……」

噛《か》んだ。

お父さんに拝み倒されて付き合うことになったお母さんの気持ちが、少しだけわかった。あれを、恋愛感情を持った状態でやられたら……それは落ちますよ。

親子間の愛情だとわかりきっている私でさえ、こんなに……ああ……

「……ご主人公様たちは、ちょっと仲がよすぎると思います……嫉妬《しっと》!!」

お父さんが去った後も顔を上げずにモダモダやっていたら、レノアさんの拗《す》ねたような声が耳に入った。

……私も、そう思います。

翌日から、新メニュー開発を始めた。

お父さんにもらったレシピノートと睨《にら》めっこしながら、自分の知識と照らし合わせる。そしてメニューをピックアップしては、調整する日々が始まった。

夏休みが終わって学校に行くようになっても、私の頭の中は新メニューについてでいっぱいだった。

お父さんのレシピノートはとても見やすくてわかりやすかった。材料や作り方の説明に加え、飾り切りや完成図などがイラストになっている。それが、やたらと上手なのだ。

学校の休憩時間も、メニューの検討に当てる。

自分の机でレシピノートと睨めっこしていると、ギルが近くにやってきた。

「アンジェリカ」

「あら。前髪切った？」

「お、おう。ちょっとだけな……ってお前、何やってんだ？」

「ん？　新メニューの開発」

「……ああ、例の」

ギルバートの家には食器を発注する予定なので、ある程度のことは話してある。

もちろん、他言無用の内部情報として。

さりげなくノートをひっくり返す私を、ギルバートは何か難しい問題にぶつかったかのような顔で見ていた。

「どうしたの、ギル」

「……ちょっと前から気になってたんだけど、お前んちって……レストランに転向するのか？」

「え？　違うわよ。何で？」

「だって、お前が考えてることって、食堂で出すメニューのことだけじゃん。ホテルの経営全体をどうにかしようって感じには見えないぜ」

「だって、それは……」

食事メニューの強化が、ホテルラフレシア再興に不可欠だと思ったから。

……けど、他の人にはそんな風に見えてしまうのか。指摘されるまで、わからなかった。

「お前。自分ちがホテルなんだってことを、忘れんなよ」

「何よそれ。忘れてるわけないじゃない。大丈夫よ」

「そうか？」

じっと見つめてくるギルバートの目を、意地で見返す。

ギルバートったら、何をそんなに心配しているのだろう。うちは、ホ、テ、ル、ラフレシア。当たり前のことじゃない。

「ま、お前がそう言うなら……別にいいけどな。あ、そうそう。父様から、これを預かってたんだ」

一枚の紙を手渡された。そこに描かれている絵を見て、私は思わず「わあ」と歓声を上げてしまった。

「そう！　こんな感じのにして欲しいの！　作れる？」

「うん、できるって言ってたぞ。面白いってよ。予算は、父様とお前んとこの親父《おやじ》さんとで話すから、子供は口出しするなって」

「わかったわ」

ギルバートの家にお願いする食器というのは、お子様ランチに使うプレートだった。

ごく普通の白くて大きいお皿でも問題ないのだが、どうせなら、器《うつわ》にもこだわってみたい。そこで私が考えたのは、船の形をしたお皿。クレーンポートは港町だし、船に料理が載っているなんて目新しくて面白いと思ったのだ。

お父さんとお母さんも、相談したら笑って応じてくれた。

「しかし、よく考えたもんだよな、こんなデザイン」

「いいでしょう？」

「悪くはねぇな。これに料理が載るって思うと、ワクワクする」

「すごく楽しそうでしょ？」

「ああ、そのままクルーになって海に飛び出せそうだ」

お皿は問題なく調達できることがわかったし、メニューも少しずつ決まってきているし、きっとうまくいく――


――などと楽観的に考えていた時期が、私にもありました。

すみません。一番大きなことを、失念しておりました。

私は今、材料費を算出した紙を前に、食堂で頭を抱《かか》えていた。

「た、高い……」

お子様ランチに載せるメニューが決まり、今日はそのすべてを作って試食をした。味も見た目もばっちりで、あとは値段を決めるだけ、と計算してみたら……想像以上に材料費が高くついてしまうことがわかったのだ。

迂闊《うかつ》だった。こんなにかかるなんて……

一つのお皿に数種類のメニューを載せるし、なおかつ一つ一それなりに手が込んでいるので、多少コストはかかってしまうだろう、とは思っていたけれど、予想以上だった。

これでは、大人のお客さんに出していたメニューと同じ値段にしないと元が取れない。

載せるメニューの数は多くても、お子様用なので、量は少なめなのだ。今まで子供向けの食事メニューに馴染《なじ》みのなかったこちらの世界の人たちが、この量でこの値段を払ってもいいと思ってくれるか、とても疑問である。

でも、かき氷のように値段を下げると……今度は、こちらが大赤字になってしまう。

だからといって、メニューの内容を変えるのも……非常に悩ましい。

「うううううううん……メニュー変更しかないかなぁ」

他の手段が思い浮かばず、テーブルに突っ伏す。

そこへ、両親がやってきた。

「あら、材料費が出たの？」

「どれどれ」

落ち込む私の席の向かいに、二人が腰を下ろす。

お父さんは私が計算した紙を見ると、ペンを取っていくつかの箇所を書き直していく。

「……お父さん？」

「チーズと、この野菜はもっと安く手に入る店を知っているから、そこを当たるとしよう。それからここは、単純に計算ミスをしているよ、アンジェリカ」

「あ……うん……」

紙を見ただけですぐに的確な指摘をするお父さんに驚く。かっこいい……

「それでも、やっぱり少し高めになるね」

「そうねえ」

お父さんが再計算してくれて、多少安くはなったけれど……お手頃価格にはほど遠い。

どうしよう……

お父さんは再び紙をジッと見つめた。

そんなお父さんを、お母さんはニコニコと笑いながら見ている。そういえば、この二人はいつも笑ってるなぁ……怒ってるところなんて、見たことない気がする。

この二人に育ててもらっているから、私は幸せなんだろうな。

「よし、こうしよう」

うん、と一つ大きく頷《うなず》いてお父さんは顔を上げた。

その口元からは、自信のようなものを感じた。

「アンジェリカ。内容を変更する必要はないよ。せっかく君が何日も考えてくれたものなんだからね。お父さんもお母さんも、君の考えたお子様ランチにはとても感動した。これは、そのままの形で提供するべきだ」

「でもそうしたら……材料費が」

「うん、そうだね。お子様ランチだけでは、ほとんど利益を生むことはできないだろう。だから、このお子様ランチは名前の通り、小さな子供のお客様にしか提供しない。具体的な年齢を考えれば、十二歳までが妥当かな。数が出れば出るほど、赤字になってしまいそうだからね。それから、このお子様ランチを出すのは、ディナータイムだけだ。そして、ディナーを提供するのは宿泊のお客様のみ。そうすれば、材料は宿泊するお客様の分だけ用意すれば済むし、お出しする時間も短縮できる」

「……お酒の提供もしないの？」

ディナーは宿泊のお客さんに限っていたけれど、お酒目当てのお客さんのために、アルコールと軽いおつまみの提供はしていた。

それも、やめてしまうのだろうか。それなりの収入になっていたはずなのに。

「そうだね。宿泊のお客様以外はお断りしよう」

「でも……」

「アンジェリカ。よりよいものを求める時、どうしても切らなければならないものが出てくることがある。今がその時なんだ。ホテル・コッソアーロという強力なライバルができてから、君は本当にいろいろと考えてくれたね。かき氷に始まり、このお子様ランチも。どちらも素晴らしいアイデアだ。うちは元々、さほど大きなホテルではないから、今こそお客様を選ぶ時期なのかもしれないね」

「選ぶ？」

「客層を絞《しぼ》る、と言ったほうがいいかな。このお子様ランチが広まれば、きっと親子連れのお客さんが増えるよ。もちろん、それ以外のお客様を蔑《ないがし》ろにするという意味ではない。ただ、どんな客層のお客様を増やしていくべきか、それを明確にするだけだ」

「明確に……」

「君も、そう考えたのではないのかい？」

「私はただ……小さなお子様も、大人のお客様と一緒に食事を楽しめれば……いいなって。そうすれば……ファミリー層を掴《つか》めると思ったし」

「そう。最終的に、その層を掴《つか》めれば成功なんだろうけれど。君はかき氷の時も、子供が買いやすいような値段にしたね。今度もそうだ。最初に小さな子供のことを考えている。まず、何を考えて行動するのか。その取っ掛かりは、大事にしたほうがいい。きっとそれは、君にとって本当に大事にしたいものだろうから」

お父さんが笑顔で頷《うなず》く。

そう……かもしれない。子供の喜ぶ顔が好き。そして、それを見て笑う、大人の顔も好き。

ふと、私は気になっていたことを尋ねた。

「ねえ、お父さん。どうしてかき氷を出すと言った時、反対しなかったの？」

「反対してほしかったのかい？」

お父さんは苦笑しながら聞き返す。

「だって……」

結果的に集客には繋がったものの、すべて思い描いていた通りになったとは言い難い。

冷たいデザートの登場は画期的だっただろうけれど、氷を削るだけという手軽なものだったせいで、他の店に似たものを出すきっかけを与えてしまったし、リトル・ロックランドで出回ったアイスクリームという強力な伏兵《ふくへい》には、一気にやられてしまった感がある。

私がもう少しかき氷の値段を高く設定してさえいれば、売り上げにもっと貢献できていただろう。

未熟な自分を思い返していると、お母さんが口を開いた。

「アン。私たちが反対しなかったのは、あなたが一生懸命考えてくれたからよ。たとえそれで多少の損が出ることになったとしても、大したことではないと思ったわ」

微笑を浮かべて言うけれど……

「大したことないって、そんな……」

「あなたはどうやら、期待したほど効果はなかった、なんて思っているみたいだけど、違うわ。何もしていなかったら、多分今頃は……ホテルラフレシアは閉館していただろうから。そうなったらそうなったで、生き方なんて色々あるから命さえあれば大丈夫よねってお父さんとは話していたんだけどね」

くすくすと笑うお母さんが、急にたくましく見えてくる。

「命があって、私たち三人がそろっていれば、それで十分だと思ってたの。もちろん、このホテルには愛着があるから、なくなってしまったら悲しいけれど。でも、ホテル・コッソアーロのような巨大な力に立ち向かうのは難しいと思ってた」

「ぼくもお母さんも、大人になりすぎたのかな。挑戦するより、諦めるほうが手っ取り早いと思ってしまったんだ。だから、アンジェリカ。君が立ち向かおうとする姿を見て、すごく嬉しかったんだよ」

「万が一、ダメだった時は、親である私たちが責任を取るつもりだったわ」

「一目散に逃げる準備もしていたけどね」

「生きることのほうが、大事だもの」

二人は笑い合っている。でも、私に心配させまいとしているだけで、きっと、このホテルのことを本当に大切に思っているはずだ。今まで一緒に過ごしてきたのだからわかる。

けれど――その大切な場所より、私の意思を尊重してくれたのだ。

ありがたい気持ちと、申し訳ない気持ちがごちゃ混ぜになって、胸の奥から熱いものがこみ上げてくる。そしてそれが雫《しずく》となって目からぽろりと零《こぼ》れ落ちた。

「どうして……そんなに大事にしてくれるの？　私は、本当の子供じゃないのに」

今まで、決して言ってはいけないと思っていた言葉が、口をついた。

私は、二人の本当の娘じゃない。二人は、私の本当の親じゃない。そんなことはお互いに、最初からわかっているから。言葉に出してはいけないと、思っていた。大切にされていることもわかっているから、言ってはいけないと思っていた。

でも、どうしても考えてしまうのだ。

私は、二人からそんなに大事にされる価値があるのだろうかと。

「それでも、君はぼくたちのかけがえのない娘だ」

「……血が、繋がっていないのに？」

ボロボロと涙を零《こぼ》す私に、お父さんとお母さんも力強く頷《うなず》いてみせた。

「それでも、あなたを愛してる。きっと、あなたが私たちを愛してくれているのと同じくらいに」

たまらず、両手で顔を覆《おお》う。落ちる涙も嗚咽《おえつ》も、それでは隠せないとわかっていても。

わんわんと泣く私に、二人が立ちあがって近づくのを気配で感じる。

そっと守るように、お父さんとお母さんが私を包み込んだ。

「大好きだよ。頑張り過ぎないでいいんだ、アンジェリカ」

「失敗してもいいの。死ぬこと以外なら、大したことじゃないもの」

私を大事にしてくれる人たちのために、頑張りたかった。役に立ちたかった。

大切にされている分、返せるものが欲しかった。この人たちの娘でいてもいいのだ、と思える理由が欲しかった。

だから、失敗したくなかった。

それなのに、頑張り過ぎなくていいと、お父さんは言う。失敗しても大したことはないと、お母さんは言う。どうして――？

「あなたは、私たちをとても大事に思ってくれているでしょう」

「うん。君は、ぼくたちを愛してくれている」

頭を撫《な》でられ、髪にキスを送られる。何度も、何度も。

「あなたを拾った時、女神様からの贈り物だと思ったわ。私は若い頃、色々と無茶をして子供を産めない身体になっていたから、親になることは、とっくに諦めていたのだけど……」

「ぼくは、子供ができないことを気にして世界で一番大切な人が悲しむくらいなら、子供なんていらないと思っていた。けれど、君に出会った」

「本当のことを言うと、あなたを自分たちの子供にするかどうか、ずいぶん長い間話し合ったわ。私もこの人も、あなたを自分の娘として育てることに異論はなかった。けれど、それであなたが本当に幸せになれるかどうか、わからなかったから」

「だから、君を引き取るべきか、ちゃんとした施設に預けたほうがいいのか、たくさん考えた」

知らなかった。共に過ごしてきた時間は本当に幸せで、二人にそんな葛藤《かっとう》があったなんて。

「でもね、アン。私たちは……あなたを大好きになってしまった。手放したくないと思ったわ。だから、最終的に自分たちの気持ちに従うことにしたの」

「だから、君に与えられるものがあるのなら、なんでも与えようと決めた」

「それが、あなたにとって悪いことでない限り」

お母さんが優しく私の手を取り、涙と鼻水でグシュグシュになった私の顔を見て微笑む。

「私たちは、あなたから大切なものをもらっているのよ。両手で抱《かか》えきれないくらいたくさんね」

お母さんの細い指が私の指に絡む。そのまま、ギュッと握り締めてくれた。

「私たちの娘になってくれて、ありがとう」

涙は止まる気配を見せずに、どんどん湧《わ》き出てくる。涙腺《るいせん》が決壊したのかと思った。

二人の役に立ちたかった。そうしないと、怖かった。

なぜなら私は、一生懸命やったのに、周りから見捨てられた経験があるから。

日本での、生徒会長としての記憶だ。

皆、離れてしまった。私のことを、いらないのだと言った。

もう、生徒会には来ないでくれと言われた。生徒と学校のために、と頑張った結果がそれだった。

とても悲しかった。悲しくて悲しくて、世界から消えてしまいたいと願った。心の底から逃げてしまいたいと思った。

そうだ。私は逃げてしまった。向き合うのが怖くて立ち向かうことをやめ、学校を辞めてしまった。

ちゃんと、確認すればよかったのに。今のように、「どうして?」と聞けばよかったのに……私は、逃げてしまった。

——その心残りが、今に繋がっているんだ。

この世界に来たばかりの頃は、ずっと悩んでいた。どうしてこの世界に飛ばされてしまったのか。どうして、後悔したままこちらに来てしまったのか。

でも悩んでいても仕方がないから、顔を上げることにした。もう二度と、過《あやま》ちを犯さないように。失敗しない完璧な私になりたかった。お父さんとお母さんの役に立つ、いい娘になりたかった。

そうじゃないと、いけないと思った。

この世界で、アンジェリカとして生きる理由を得るために。

だけど今、涙と鼻水でグチャグチャに汚れている私の顔を見て、二人は世界で一番愛しいものを見るような眼差《まなざ》しをしている。

「失敗しても構わない」と言ってくれる。

二人の娘になれて、私は幸せだ。

涙で腫《は》れ上がった目元を冷たいタオルで冷やしながら、コロンとベッドに寝転がった。

カーテンをちょっとだけめくる。今夜は満月だ。

両親の前であそこまでワンワンと泣いたのは初めてだと思う。

いつの間にかお父さんはカメラを取って戻ってきて、抵抗する間もなく、泣き顔をパシャリと激写されてしまった。

泣き顔を撮るなんてひどくない⁉　と思ったものの、「泣いているアンジェリカなんて、とっても貴重だ！」とあまりにも二人が喜んでいたために、消してくれとは言えなかった。

せめてもの救いは、カラーではなく白黒写真だということだろうか。

「お父さん……お母さん……」

血の繋がりがなくとも、あの二人は間違いなく私の両親だ。

ところで——前世の、血の繋がったお父さんとお母さんは、どんな人たちだったのだろう。兄弟や姉妹はいたのかな。

まだそれは、思い出すことができない。

——綺麗にほどきなさい。万《よろず》のことを、落ち着いて——

うとうとしていると、いつか夢で聞いたのと同じ言葉が耳に入って来た。

誰——？

気になったけれど、スッと、意識が落ちてしまった。

＊＊＊

「本日は、ホテルラフレシアの新メニュー発表会にお集まりいただき、ありがとうございます。オーナー兼シェフとして、皆様に喜んでいただける一皿になるよう、心をこめて作らせていただきます」

ワー！　と歓声が上がり、お父さんに拍手が送られる。

お父さんは一礼してから、キッチンへ下がった。

今日は、ホテルラフレシアの新メニューであるお子様ランチ——改め、お子様プレートのお披露《ひろ》目《め》会だ。夜に、宿泊客にだけ提供するメニューなので名称を変えた。

参加者は宿泊客ではなく、クレーンポートに住む子供たちとその保護者。

食堂のテーブルすべてを子供たちに開放し、保護者はカウンター席に座ってもらっている。本日の主役は小さなお子様たちであることを、重々承知して参加してくれているので、今のところ不満は出ていない。

数日前に町の告知板に案内を出したところ、予想以上に反響があった。そこで、お披露目《ひろめ》会は三回に分けて行うことに。

今から記念すべき第一回が始まるのだ。

「今日、すっごく楽しみにしてたんだ！」

子供たちの無邪気な声はもちろん、親御さんたちからも喜びの声が上がる。

「一食分浮くから助かるわ」

「ホテルの料理なんて、滅多《めった》に食べないもの」

皆ニコニコしていて楽しそうで、こちらも嬉しくなってくる。

「それでは皆さん、しばしお待ちください」

私とお母さんも一礼して、キッチンへ下がる。

ある程度の下準備は終えているが、出す直前に温めたり盛りつけをしたりと、やることは山のようにある。

厨房《ちゅうぼう》で顔を見合わせ、力強く頷《うなず》く。

ホテルラフレシアの底力を見せてあげましょう。小さなお子様の胃袋と、ご家族の財布を掴《つか》んでみせるんだから。

材料の野菜とお魚は、お父さんのつてで格安で手に入った。お肉はなぜか、お母さんが大量に用意してくれた。

「さあ、始めるよ！」

料理を一つずつ、特製の船型プレートに載せていく。

盛りつけまで完成したものから、順次テーブルへ運び出す。

「お待たせしました！　ホテルラフレシア特製、お子様プレートです！」

食欲を誘う匂い。白い湯気。中にはまだジュージューと音を立てているものもある。

テーブルの上に運ばれたお子様プレートを見た途端、それまでソワソワしていた子供たちの動きが止まった。船型プレートを見て、一様に目を丸めている。

その場が静まり返ってしまったので、一瞬、不安が胸をよぎったけれど――それは杞憂《きゆう》に終わった。

「すごーい！　お船だ！　お皿が、お船の形をしてるよ！」

「すげぇごちそう！」

「お姉ちゃん、これ本当に食べていいの？　こんなに可愛い食べ物、見たことない！」

一気に爆発したかのような歓声が食堂に響き渡る。ものすごいはしゃぎぶりだ。

私は心の中でガッツポーズ。

肝心のメニューだが、柔らかなフォルムをしている船型の器《うつわ》に、主食、主菜、副菜、デザートが載っている。

主食はサンドイッチ。食パンにかぼちゃとレバーのペーストを塗って、ハムを置く。それをくるくると巻き、一口大にカットしてから紙でくるむ。両端にリボンを巻くと、キャンディーのような形に仕上がる。

主菜は、野菜がたっぷりのハンバーグ。

副菜は、刻《きざ》んだパセリを練り込んだポテトの肉巻きと、ほうれん草のクリームチーズ和《あ》え。クリームチーズ和《あ》えには、りんごとコーンも入っている。

デザートはフルーツジュレだ。

それから、お子様プレートに忘れてはいけないたこさんウィンナーも。

「たこさん、可愛い！」

「ハンバーグ、うまそう～」

全員分が運ばれるまで、皆いい子で待ってくれている。

一方、カウンター席にも同じ商品を並べ、用意しておいたメニュー表をお母さんたちに渡した。

そこには、どんな材料を使っているのかが事細かに書かれている。

「あらまあ、こんなに野菜がいっぱい」

「へえ。パッと見た限り、このほうれん草しか野菜らしきものは見当たらないのに、うまく隠せるものねぇ」

小さな声で、お母さんたちは感心しきっていた。

全員分を運び終えると、誰とはなしに大きな声で「いただきまーす！」と言い始めた。

その後はもう、お祭り騒ぎである。いたるところで「美味《おい》しい」の大合唱。

サンドイッチもハンバーグもポテトフライも、みんなバクバク勢いよく食べてくれた。唯一、野菜を全面的に押し出していたほうれん草も、周りの雰囲気に流されたのか、食べるのを嫌がる子は現れず、食べた誰もが美味《おい》しいと感動していた。

そうよ。お野菜は、美味《おい》しいものなの。あなたたちの身体を作る、大事な栄養素なの。

「美味《おい》しかった？」

まるで舐《な》めたかのように綺麗になったお皿が答えだった。

「本当に美味《おい》しかった！　また食べたい！」

口の周りを汚している子が、嬉しそうに言う。この子は、前にアンケートを取った時、野菜はま

ずくて嫌いだと言っていた。

「よかった」

私は思わずホッと息を吐く。

そして――帰る前に、渡すものがある。

「お子様プレートには、おまけがつくのよ」

子供たちの小さな手に、用意していたものを載せた。

「何これ……うわあ、鳥だ！」

私が用意したのは、色のついた紙で作った折り鶴《づる》だった。港町クレーンポートの名にもなっている、鶴の姿。こちらの世界に鶴は存在せず、「クレーン」という言葉自体には他の意味があるのだけれども……

鶴と折り紙は日本独自のものであり、私にとっては、今と前世を繋げるものだ。

「すごーい！」

折り紙なんて初めて見たのだろう。これには子供たちだけではなく、保護者の人たちもいたく感心してくれた。

まるでキラキラと輝く宝石を見るかのように、うっとりと折り鶴《づる》を眺める子供たち。

私は照れくさくて、そしてちょっぴり誇らしくて、頬が熱くなるのを感じた。

＊　＊　＊

お子様プレートの話はすぐに新聞記事になった。

かき氷の時とは違い、宿泊をしないと食べることのできないお子様プレート。反響はかなり大きく、お披露目《ひろめ》会から半月経《た》った今も、連日キャンセル待ちが続いている。

折《おり》しも季節は、町に貴族たちが集まる「シーズン」と呼ばれる時期。

貴族が懇意《こんい》にしている商人たちを別荘に呼び寄せてパーティーをしたり、貴族同士がパーティーで新しい関係を結んだりする社交の期間なのだ。

貴族がホテルに泊まるわけではないのだけれど、貴族たちが町にやってくるのに合わせて、クレーンポートで期間限定の商売を始める人たちがたくさんいる。また、その賑《にぎ》わいを目当てに、休みを取って遊びに来る観光客も多い。約二週間の間、彼らは泊まってくれるし、町はお祭りのような様相になるから、宿泊施設としては稼ぎ時なのだ。

「お待たせしました。お子様プレートです」

「うわあ！　パパ、ママ！　新聞で見たやつだよ！　美味《おい》しそう！」

「本当だ、とても素晴らしいね」

「こんなに可愛いお料理があるなんて」

こんな風に、とにかく大好評という状態だ。

「ホテルラフレシアのお子様プレートを見なければ、クレーンポートに来た価値はない」と言う人までいるのだとか。

あまりの反響の大きさに、仕掛けた私たち自身も少し戸惑うほど、お子様プレートは爆発的な力を発揮してくれた。お子様プレートがテーブルに並ぶと、子供はもちろんのこと、大人も歓声を上げて喜ぶのだ。

そんなわけで、ホテルラフレシアはシーズン中、フル回転となり、私たちは嬉しい悲鳴を上げ続けていた。


お仕事でカンヅメになっていたレノアさんが、久々に食堂へ顔を出してくれたのは、ディナーの時間が終わり、私がテーブルを拭いている時だった。

「ご主人公様ぁあ〜」

いつも以上にヨレヨレになったレノアさんが、フラフラと入ってきてそのままテーブルにつく。

最近のレノアさんは、食事の時だけ顔を出し、素早く食べ終えるとすぐ部屋に戻る生活を繰り返していた。私もここのところずっと目が回るほど忙しかったので、こうやって話すのも久しぶりである。

「お疲れ様です。何か温かい飲み物を淹《い》れましょうか？」

食堂の営業時間外だが、真面目にお仕事をしていたレノアさんにお茶の一杯くらい淹《い》れたって、ばちは当たらないだろう。

「……お酒をください」

珍しい。食事の席でも滅多《めった》にアルコールを飲まないレノアさんらしからぬ要求である。少し考えたが、今夜くらいは出してあげようという気分になった。

レノアさんはとても疲れているようだから、寝酒が欲しいのかもしれない。

お茶よりも、お酒のほうが落ち着く時だってあるだろう。

「どうぞ」

ウイスキーとおつまみを出す。

一人では寂しいだろうから、とレノアさんの向かいに座ろうとすると、隣に来てくれと懇願《こんがん》された。

「お願いします～」

どことなく気落ちしているような気がして、大人しく言うことを聞く。どうしたのだろうか。

そんなにお仕事で悩んでいるのだろうか。

レノアさんはお酒をクピクピ飲み始める。まるで水を飲むかのようだ。

「あまり早く飲むと、悪酔いしますよ」

「酔いたい気分なんですぅ」

本当にどうしたんだろう。レノアさんが、やさぐれている。いつもほの暗い空気を背負っている人物だけれど、今日はいつもと何かが違う。

「どうしたんですか？　元気がないようですけど……」

尋ねても、レノアさんはグラスに口をつけたまま答えない。

その代わり、じっとりとした視線を向けられた。何か言いたいこと——それも、不満があるような目つきだ。

……なんだろう。もしかして、私がしたことで何か怒っているのだろうか。だけどここ最近、ちゃんと話す機会なんてなかったのに。それとも、知らない間にレノアさんの気分を害するようなことをしちゃったのだろうか。

身に覚えはないのだけれど……

「ご主人公様は、最近ずぅ～っと忙しいみたいですねー」

「ええ。おかげさまで毎日てんてこ舞いです」

「とぉおっても、充実した毎日を送っているようでー」

「そうですね。忙しいですけど、張りのある毎日を送っていると思います」

なんとなく、非難されているような気がする。

しげしげとレノアさんの横顔を見てみると、普段は青白い頬が、ほんのり赤くなっていることに気づく。超珍しい。

「レノアさん、本当に酔ってるんですか？」

「酔ってますよー。ぼくだってぇ、酔いたい時があるんですぅー。食欲とか眠気とかと一緒でぇ、酔いたいって思ったらぁ、一気に酔えるんですぅー」

「酔いたい気分なんですね」

「酔って愚痴《ぐち》りたい気分なんですぅー」

「愚痴《ぐち》りたいことって、なんですか？」

レノアさんはむすりと、頬を膨《ふく》らませた。

「つまんないですー。ご主人公様ったら、ちっともぼくに甘えてくれないし、自分で何でもかんでも考えてやっちゃうしー。せっかく、ぼくという超お役立ち男がそばにいるのにぃー」

「とても頼りにしてますよ。かき氷の時もお子様プレートの時も、レノアさんに意見を聞けて、すごく助かりました」

「そんなの誰でもできることじゃないですかー。何回も言ってるでしょぉ、ぼくを使ってくれって。ご主人公様がぼくをちゃんと使ってくれないとー、ぼくの才能は無駄になるだけなんですよぉー？」

おつまみに出したチェリーを、レノアさんは次々食べていく。ペッと吐き出したチェリーのヘタは、綺麗な蝶々結びになっていた。器用だなー。

「レノアさんの才能はちゃんと発揮されて、世間の人たちの役に立ってるじゃないですか。新刊を楽しみに待っている人はたくさんいますよ」

「ぼくはご主人公様の役に立てれば、それでいいんですー」

つん、と向こうを向いてしまう。チェリーが気に入ったのか、口の中がまたモゴモゴしている。きっと蝶々結びが作られているのだろう。

「もしかして、拗《す》ねてるんですか？」

「拗《す》ねてますよー。ご主人公様がちっともぼくを頼ってくれないからー」

先ほどと会話がループしている。そっと息を吐いて、テーブルに頬杖《ほおづえ》をつく。

「……いつも思うのですが、レノアさんはどうしてそんなに私に力を貸したがるんですか？　本来なら、私があなたの従僕《じゅうぼく》にならなければいけないところなのに」

この世界に来て一番に出会ったのは、この人だった。

雨の降る中で私を見つけ、両親と出会うように画策《かくさく》してくれた。この人があのタイミングで見つけてくれなければ、私は今、ここにいないかもしれない。レノアさんは、私の命の恩人なのだ。本来は、助けてくれたレノアさんが主《あるじ》になり、助けられた私が僕《しもべ》になるべきだと思う。

それなのに、なぜかレノアさんは頑《かたく》なに私を主《あるじ》にしたがるのだ。

「何度も言ってるじゃないですかぁー。ぼくの人生においては、ご主人公様こそが中心であり、すべてなんですー。だからこそちゃんと契約を結んで、正式な主人になって欲しいのにぃー」

こんな調子でたびたび、自分と契約して、本当の意味での主人になれと言ってくる。そして、自分と契約を結べば、すべての記憶をよみがえらせることができると。

「実に千年です」

「ん？」

「ぼくが、世界を嫌って閉じこもっていた年月は」

レノアさんは語る。視線をわずかに落として。

「ぼくは、生まれつきとても強い力を持っていたんです。したいことは何でもできたし、して欲しいと願われることは、何でも叶えてあげることができた。ぼくは——鬼である父と吸血鬼である母の間に生まれた禁忌《きんき》の子供ですから」

この世界には、人間以外の種族が多く生息している。中でも、強い生命力と魔力を有する種族は魔族と呼ばれている。

レノアさんの出自について詳しく聞くのは初めてだ。

「父も母も、ぼくを生んですぐに命を落としたと聞いています。ぼくは生まれつき、本当にとても強い力があったから、色んな奴らから、力を貸してほしいと言われましたよ。ぼくはそれが嫌じゃなかった。ぼくのおかげで、かなりの金を得た奴も多かったみたいです」

レノアさんがウイスキーのボトルを手に取り、グラスに注《つ》ぐ。琥珀《こはく》色をしたそれは、口当たりはよいが度数の強いものだった。もしかして、寝酒として出したのは間違いだったかしら。

レノアさんがこんなに飲むなんて思わなかった……

さりげなく止めようとするも、視線一つで断られてしまった。

「けれどね、そのうちに気づいてしまったんですよね」

「気づく？」

「ぼくが何でもできることに、周りが気づいたんです」

「それは前から……」

何でもできるから、周囲の人たちに頼られ、色々と無理難題を押しつけられてきたのだろう。

「大変だったんですね」と言うと、レノアさんはどこか突き放したような笑みを浮かべた。

単なる嘲《あざけ》りにも、自嘲にも見えたそれは、一瞬でかき消えて、すぐにいつもの笑みが浮かぶ。

アルコールの影響でほっぺたが赤くなっているところと、少し拗《す》ねて見えるところを抜かせば、ほぼ普段通りのレノアさんに見える。

「色々と便利に使っている間は勝手がよくても、ぼくがよからぬことを考えた瞬間から、ぼくが奴らにとってものすごい脅威《きょうい》になることに、周りが気づいちゃったんですよね」

「はい……」

「それでねー、野放しにしたら危ないと思ったんでしょうねー。まだ別に何もしていなかったのに、危険だからという理由で、ある時、封印されそうになった」

「封印――」

そういえば、レノアさんがうちのホテルにやってきて間もない頃に、少しだけ聞いたことがあったような……。長い間、檻《おり》に閉じ込められていたと。

「笑ってしまいますよね。それまで、ぼくの力に頼ってばかりだった連中が、危険だからってぼくを封じ込めるなんて。そんなにぼくが危険で怖いというのなら、いっそのこと殺してしまえばよかったのに、その度胸はなかった。どうやら、いずれ何かしらの方法でぼくの力を完璧にコントロールできるようにならないか、考えていたようです。その方法が見つかるまで、一時的に封印しておきたかったと。まあ、気持ちはわかります。莫大《ばくだい》な利益を生む金の卵を、みすみす殺してしまうのは惜しい――そう考えたのでしょう。けれど、彼らは過《あやま》ちを犯した」

「過《あやま》ち、ですか」

レノアさんは頷《うなず》く。笑いながら。

「そもそも、あいつらの封印なんて、本当は簡単に破れるんです。だからぼくは、自《みず》らの意思で、力で、ぼく自身を封じ込めることにした」

自分自身を――

千年にも渡る長い時を、たった一人で過ごしてきたなんて……

「連中は焦ったでしょうね。ぼくの力による封印だから、誰にも解くことはできない」

愉快だと言って笑うレノアさんだが、その当時、どれほど傷ついたことだろう。自分を散々利用してきた人たちが、掌《てのひら》を返したように自分を封じ込めようとしたなんて――

「いらないと言われたから、ぼくは自《みず》ら消えたんです」

――あなたは、もう来ないでください。

脳裏に、声が蘇《よみがえ》る。私も、自分の存在を否定されたことがある。もう生徒会に来ないでくれ、と言われた、前世の経験。

レノアさんも、あんな苦い思いをしたのだろうか。

「千年間引きこもっていたわけですが、実を言うと、五百年ほどで一度、引きこもっているのに飽きてしまいました」

「どうしてその時に封印を解かなかったんですか？」

「そんなに単純なものではないのですよ、ご主人公様。ぼくは、自身を封じ込める時に制約を作った。それは、『自分と同じくらいの魔力を持つことのできる者が現れるまでは封印を解かない』ということです」

「――それが、私なんですか？」

「そうです。あなたです。ぼくが待っていた、ただ一人の存在」

レノアさんがこちらを向く。手が伸びてきて、私の三つ編みに触れた途端、リボンがほどけ、背中にふわりと髪が広がった。

「あなただけが、ぼくの対《つい》になれる」

私の髪の一房《ひとふさ》を指に絡め、レノアさんは口づけを落とす。まるで神聖な儀式のように。

「私は、魔力なんて持ってませんよ」

「そう。今はまだ持っていないけれど、いつかは膨大な魔力を持てる、無尽蔵《むじんぞう》の器《うつわ》なのです」

「無尽蔵《むじんぞう》の、器《うつわ》……」

だからこそあの時、雨の中でレノアさんの声を聞き取ることができたのだと言う。

「あなたが来てくれたから、ぼくは出ていくことができた。あなたを迎えるために」

レノアさんから向けられているのが、単なる愛情でないことは感じていたけれど……

もう一つ、私には感じていること――というか、気になることがあった。

「レノアさんは、私に隠し事をしていますよね」

「ええ。たくさん」

「私の一部の記憶がないのは、そのせいですか？」

以前にも、似たことを尋ねたことがあった。その時に、レノアさんは契約を結べばすべて思い出せると言った。

「そうです。ぼくは、あなたの記憶に鍵をかけた」

「元に戻してくれるつもりはあるんですか？」

「ご主人公様が、ぼくと契約して、ぼくを僕《しもべ》にしてくれるなら」

「またそれですか……」

レノアさんは笑った。

本当に、困った人だなぁ……

「レノアさん。私はあなたが思うよりずっと、あなたのことが嫌いじゃないんですよ」

愛情とはまた違うけれど、私は私なりにこの人を大切に思っている。恩も感じている。

「あなたを利用するような真似を、したくないんです」

そう伝えると、レノアさんは今まで見たことがない表情を見せた。

キョトンと子供のような顔で、目を丸めている。

レノアさんはしばらく言葉を探すみたいに視線を彷徨《さまよ》わせ、そしてごまかすかのごとく、あさってのほうを向く。拗《す》ねているというよりも、照れているように見える。

「ご主人公様に甘えられるのを、こんなに待っているのにー。ぼくにはちっとも、甘えてくれないー。つまらないー」

こちらから何かを言う前に、レノアさんはつまらないと繰り返した。どうやら、これ以上私に何も言われたくないようだ。

不意にレノアさんの身体から、ガクンと力が抜けて、彼はぐにゃりとテーブルに突っ伏す。

「レノアさん？」

慌てて呼びかけても、彼は答えなかった。

ただ、指がテーブルの上でくるくる動いているので、意識はあるのだろう。

「親代わりになった人間たちには、甘えるのにー。こんなことなら、最初からぼくが親代わりになればよかったー」

くぐもったレノアさんの言葉を、なんとか聞き取る。

私と今の両親を引き合わせてくれたのは、レノアさんだ。レノアさんには、自分で私を育てるという選択肢も選べたはずなのに。

どうしてそうしなかったんですか、と尋ねると――

「だって、ぼくは女の子なんて育てたことないんですもん」

ますます拗《す》ねたような声で、レノアさんは言った。

私は小さく笑う。

「ねえ、レノアさん。少しだけ、私の話……昔の愚痴《ぐち》にもつきあってくれますか？」

「ご主人公様の？　ええ、いいですよー」

間延びしたレノアさんの返事を聞いて、私もまだ胸の奥に残っている……あまり思い出したくない記憶を語る。

この話ができる相手は、私のすべてを知っているレノアさんだけだ。

「私、前にいた世界では割と優秀な学生だったんです。生徒を代表する会長にも任命されました。女の会長は、学校創立以来、初めてだったんですよ」

推薦《すいせん》によって生徒会選挙に出て、当選した。学業と生徒会の仕事の両立は大変だったけれど、決して嫌ではなかった。

「いろんな人に頼られました。同級生にも後輩にも、時には先輩たちからも頼りにしてると言われました。先生の信頼も厚かったと思います」

生徒会の仲間たちが好きだった。クラスの子たちが好きだった。

だから、皆の学校生活が楽しく実りのあるものになればいいなと思い、行動してきたつもりだった。

「でもいつしか……周囲の希望と私の行動にずれが生じていたみたいで……そのずれに気づくのが遅れてしまった」

いつからだろう。少しずつ、生徒会室の雰囲気が悪くなっていったのは。

「ちょうど……その頃です。転校生がやってきました。なんというか……嵐のような……。うちの学校には、色々と古いしきたりなども残っていました。私は、古きものにも敬意を払うべきだと思っていて、そのしきたりがそれほど苦にはならなかった。だから……他の人たちも、そうだろうと思っていました」

男女の恋愛は禁じられていた。共学で全寮制だが、男子寮と女子寮にきちんと分かれており、それぞれの行き来も許されていなかった。

他にも制限は多かったと思う。

それでも、ずっと守られてきた校則だから、従うべきものだと皆が理解していた。

「でも、その転校生は『こんなのおかしい』って言ったんです」

転校生が言っていたことを思い出す。

〝男女で恋愛しちゃいけないなんて、なんのための青春なの？〟

〝先輩と後輩の関係なんて……たかが一歳や二歳の差じゃない〟

〝生徒はもっと自由になるべきだ〟

「気持ちはわかるけれど……私には子供のわがままにしか思えなかった」

けれど、そう感じたのはごく少数だったようだ。

生徒会役員をはじめとする生徒たちの多くが彼女に賛同し、学校に変革を求めた。そしてその結果、私は生徒会長の座を追われた。

今まで、私たちが力を合わせてきたのはなんだったのか、と虚《むな》しくなった。

「自由と、好き勝手は……違いますよね」

私は学校が好きだった。友達が好きだった。

だから、皆の役に立つならと……時間を割《さ》いて、いろんな行事や仕事に取り組んできた。

「でも……私が生徒会長でいたいのは、成績や進学のためだろうと言われました」

そんなわけないのに。

仲間が好きで、喜んで欲しかっただけなのに。

「でも、信じてもらえなかった。自分たちのことを、踏み台にしているのだろうと言われました。

かなり、こたえました……」

その後、もうここには来ないで欲しいと言われた。

だから、私はすべてを投げ出したくなった。努力が報《むく》われず、信じて欲しい人たちに信じてもらえず。どうして信じてくれないのかと、ちゃんと向き合って聞くべきだったと今なら思えるけれど、あの時はできなかった。嫌われていると改めてわかるのが、怖かった。

「でもまさか、自分が異世界に投げ出されるなんて、思わないですよね」

作り笑いして顔を上げたけれど、レノアさんの反応はなかった。

おや？　と思ってレノアさんの顔を覗《のぞ》き込むと、すやすやと寝息を立てていた。

本当に珍しい。レノアさんが撃沈《げきちん》してしまうなんて。

今夜はなんだか、とても珍しい時間を過ごしたなあ、と思いながら、毛布を取りに食堂を出る。

でも、誰にも言えなかった秘密を吐き出すことができて、少しだけすっきりしたな。

4　山場で事件解決を

「……うーん」

宿泊予約名簿を見つめて、お父さんが難しい顔をしている。

何か手違いでもあったのだろうか。

どうしたの、と声をかけると、お父さんは苦笑した。

「一組、少し厄介なお客様が来るようだ」

「厄介？」

お父さんが見ていたのは、ご家族四名の宿泊で承《うけたまわ》っているお客様だった。ご夫婦と、その息子さんと娘さん。このお客様は、とても名字が長くて珍しかったので、よく記憶に残っている。電話で予約を受けた時も、上品そうな感じだったけれど……

「何が問題なの？」

「うーん。そうだね。断るわけにもいかないし……アンジェリカにも知っておいてもらったほうがいいかな」

「何を……？」

「貴族なんだよ」

「え？」

「このお客様は、貴族なんだ。この名字は貴族だけが名乗ることを許されるものなんだよ、アンジエリカ」

それは――困った。

うちはいいホテルだと自信を持って言えるけれど、それはあくまでも庶民向けであって、貴族や、ギルバートの家のような大商家が泊まるほどハイクラスではない。

貴族ともなると、普通は高級ホテルに部屋を取るか、別荘に滞在するのが普通なのだ。

この町にも、老舗《しにせ》の高級ホテルはいくつかある。新しいところだと、ホテル・コッソアーロもハイクラスと言えるだろう。悔しいけれど――

「どうして、貴族がうちに？」

「うーん……貴族の中にも変わった人はいるからね。何かの拍子《ひょうし》で、ホテルラフレシアのことを知ったのかもしれないね。二度も新聞を騒がせたくらいだから。流行に敏感な貴族なら、飛びつくこともあるかもしれない。それでも普通は、うちみたいな規模のホテルに実際に宿泊するなんてことは、めったにないんだけど」

「どうしよう。貴族様がいるってわかったら、他のお客さんたちがくつろげないんじゃないかな？」

何か粗相《そそう》があったらどうしよう、と気を遣って楽しめないのではないだろうか。

「シーズン中は、貴族が町中《まちなか》を普通に歩くから、よっぽどのことがない限り、許してもらえるけれど……少し、気をつけたほうがいいかもね」

＊　＊　＊

この会話の数日後、件《くだん》の貴族一家がホテルラフレシアへやってきた。

一見して貴族とわかるような感じではなかった。身に着けている衣服や装飾品は高級であったが、物腰は穏やかで、他のお客さんたちとホテル内で顔を合わせた時も、率先して自分たちから挨拶《あいさつ》を交わしていた。

ご主人と奥様は、四十代に入る手前くらいだろう。お坊ちゃまとお嬢様は、二人とも十歳に満たないくらい。

ご両親もだけど、二人のお子さんもとても礼儀正しい。男の子のほうが少しやんちゃな一面を見せていたけれど、それでも同年代の子たちと比べて、厳しく育てられているのが見て取れた。

食事の時に、二人がナイフとフォークを上手に使う姿も微笑ましい。

それ以外にも、娘さんがワンピースの裾《すそ》を摘《つ》まんで、「ごきげんよう」と他のお客さんたちに挨《あい》拶《さつ》している姿に、癒《いや》された。

＊＊＊

「ねえ、お父さん。あの人たち、すごく素敵ね」

彼らが宿泊して三日目の夜。ディナーを食べている貴族一家の背中を見ながら、私は小声で言った。

「うん、とても品のある方たちだね。他のお客様たちとも摩擦《まさつ》がなくて、本当によかった」

「貴族って、もっと偉そうな人たちだと思ってた」

本物の貴族を見たのは初めてだ。あの人たちと接したことで、勝手に偏見を抱いていたんだなと反省した。

ちょうどその時、貯蔵庫にお酒を取りに行っていたお母さんが戻ってきた。

「ねえ、あなた。今夜はこちらを皆様に振る舞おうと思うのだけど、どうかしら？」

お母さんが持ってきたのは、一本の葡萄酒《ぶどうしゅ》だった。シーズンの時期は、うちに限らずどこのホテルでも、お客さんに無料で一杯お酒を振る舞うのが習わしだ。

お父さんはお母さんが持ってきた瓶《びん》を見ると、首を横に振った。

「それは、やめておこう。すまないが、同じ棚にりんご酒もあったはずだから、それを持ってきてくれないかな」

「ええ、わかったわ」

お母さんは理由を聞くことなく、もう一度貯蔵庫へと向かった。

私は首を傾《かし》げる。お父さんが家族の行動を否定するのは珍しいからだ。

どうして今の葡萄酒《ぶどうしゅ》ではダメなんだろう。

私の顔を見て、お父さんがその疑問を感じ取ったように言った。

「あの方たちの住んでいる地方では、貴族は葡萄酒《ぶどうしゅ》を口にしないんだよ。葡萄酒《ぶどうしゅ》は、女神に流れる血で、とても神聖なものと考えられているからだ。できれば、全員に同じものを飲んでほしいから、りんご酒にしようというわけさ」

「そうなんだ！　お父さんて、物知りだね」

「アンジェリカよりは長く生きているからね」

お父さんは何でもないことのように言うけれど、本当にすごいと思う。

あの貴族から何一つ不満が出ないのは、お父さんの接客が完璧だったからだ。

今の葡萄酒《ぶどうしゅ》だってそう。知識がなければ、そのまま出して問題になってしまっただろう。お父さんのおかげで、止めることができたのだ。

お父さんてば、本当に素敵なんだから。知識がある人って、憧れるな。

「アンジェリカだって、とても物知りだと思うよ。色々と勉強しているね」

「そ、そんなことないけど……」

「今夜のお子様プレートに載せたオムライスだって、君がライスを見つけてきてくれたから生まれたメニューだ。これも、君の手柄だよ」

お子様プレートの主食はサンドイッチにすることがほとんどだったのだが、実は先日、町の北側にできた新しい店で、ライス――つまり米を見つけて、さっそくオムライスのレシピをお子様プレートに入れてもらったのである。そのお店については、以前から台車のレンタルショップのおば様に聞いていて、ようやく行けたのだが、とても素敵なお店だった。

この世界に米を食べる食文化はなかったけれど、オムレツに野菜を入れて食べることはあったので、オムライスは風変わりなオムレツとして受け入れられた。

チキンとみじん切りにした野菜を使い、トマトソースを絡めて炒《いた》めたライスを、卵で巻いたオムライス。こちらの世界の子供たちにも大人気だし、大人向けのメニューとしても提供している。

新しい店は、昆布や魚の燻製《くんせい》、鰹節《かつおぶし》まで取り扱っている。店の人に尋ねてみたが、どちらもお酒のつまみとしてあぶって食べるらしいので、出汁《だし》を取るような使い方はしないようだ。

私はライスと一緒に、昆布と鰹節《かつおぶし》も少しだけ買っておいた。あとは味噌さえあれば、お味噌汁が作れるのにな……醤油《しょうゆ》に似たものはあるのだが、味噌はないのが非常に残念なところだ。

りんご酒を手にお母さんが戻ってきた。

「あったわ。これでいいかしら」

「ああ、すまなかったね。ありがとう」

嬉しそうに笑って、お客様たちに振る舞っていく。

美味《おい》しそうな笑顔が一つ、また一つと増えていった。


その日の夜中、尿意を催《もよお》して目が覚めた。眠さでくっつきそうになる瞼《まぶた》をどうにか開いて、目をこすりつつ自室を出る。

「……ん……おトイレ」

用を足し、部屋へ帰ろうとした時――物音がした。

カタン、ゴトン……という音。客室のある下の階から聞こえる。

客室にはバスもトイレもついているのだから、外に出る必要はないはず。

背中に、冷たいものが走る。

真っ先に思い浮かんだのは、泥棒《どろぼう》だった。

玄関も窓も、ちゃんと施錠《せじょう》確認をしてから部屋に戻ったのを覚えている。

お父さんたちを呼ぶべきか――いや、でも、呼びに行っているうちに、何か大変なことが起きるかもしれない。

勘といえばそれだけなんだけど、私はすぐに向かわなければいけないと感じていた。

そっと忍び足で、慎重に――けれど急いで、下の階へと向かう。万が一のために、各階に備えてある護身用の棒を手に持って。そろりそろりと下りて行くと、誰かの呻《うめ》くような声が聞こえた。

二階に着いてから、辺《あた》りの様子を窺《うかが》う。

「!?」

次の瞬間、とんでもない光景が目に入ってきた。怪《あや》しい二人組が巨大な袋をかつぎ、廊下の窓から出ていこうとしている。ここは二階だ。それでも、飛び下りる気なのだろうか。

「泥棒《どろぼう》!!」

私が大声を上げた瞬間、彼らの舌打ちが聞こえ、そのまま窓から逃げられてしまった。

慌てて窓へ走り寄り、外を見るが、そこにはもう泥棒《どろぼう》の姿はない。

逃げられてしまった……でも、物が盗られただけなら、誰かが傷ついたり命を失うよりはマシか……

「ご主人公様。お静かに」

「ひゃ!」

耳元で声がして飛び上がった。

「レ、レノアさん……」

「はい、あなたのレノアです。ちょっと待ってくださいね」

そう言って、レノアさんは指をパチンと鳴らした。

その瞬間、何か薄い衣《ころも》のようなものに身体を包まれた気が……

一瞬でその感覚は消えたけれど、今、レノアさんが何かしたのは明らかだった。

「このホテルに結界を張りました。しばらく、この中で何が起きても人間たちは起きてきません。あまり騒いで事態を大事《おおごと》にしないほうがよろしいかと」

「……何が起きたか、知っているんですか？」

「ええ。つい先ほど、小さな人間が二人、袋に詰められて連れていかれましたよ」

「え⁉」

思いきり大きな声が出た。

だって今、ホテルに宿泊しているお客様で小さな人間——子供のお客さんは、例の貴族のお子様たちだけだ。

二人が、袋に詰められて連れていかれた……

つまりは——

「誘拐じゃないですか‼」

「誘拐ですねー。子供たちの親は、部屋の中で気を失ってますよー」

「え⁉」

心臓がひっくり返るかと思った。

彼らの部屋に向かい、扉のノブに手をかける。鍵はかかっていなかった。念のためにノックをして反応を待つが、何も返ってこない。

全身の血の気が引く。誘拐というレノアさんの言葉が、真実味を帯びてくる。

「失礼いたします、お客様！」

ドアを開けて、中に入る。壁のスイッチで明かりをつけると、ご主人が床の上、奥様はベッドでうつ伏せになっていた。

「旦那様⁉　奥様⁉」

身体に触れ、声をかけるが反応はない。脈は打っているし息もしているようなので、命は大丈夫のようだが。

いったい、何があったというのだろうか。

「どうやら、プロの犯行のようですね。一階の鍵を外から開けられたようですよ。最初からこの家族が狙いだったのでしょう。予《あらかじ》め調べておいたのか、真っ直ぐにこの部屋に向かっていたようですから」

「そんなっ……え？　レノアさん、どうしてそんなことがわかるんですか？」

状況を詳しく知り過ぎている。レノアさんのほうに振り向くと、彼はしれっと答えた。

「ご主人公様の住むこのホテルのことで、ぼくに知らないことなんてあるわけないじゃないですかー。何かあったら、すぐにわかるように手配済みですー」

うふふーと笑うが、今はその笑顔が心底憎らしい。

「だったら、どうして事件が起きる前に教えてくれなかったんですか⁉」

つい責めるような口調になってしまったが、レノアさんは私の不満などどこ吹く風だった。

ネグリジェ姿も素敵、などと言いながら、カメラを服の中から取り出して撮り始める。本当に蹴り飛ばしてやろうかと思う。

「いやー。ちょうど、ご主人公様観察日記を書いていた最中でしたもんで。気づいてはいたのですが、切りのよいところまで……とか思ったら、つい」

「観察日記って……」

「五年前からコツコツつけている、ぼくの宝物ですぅー」

「燃やしてくださいそんなもの！　ああもおお！　ど、どうしよう！　け、警察！」

「警察を呼ぶと、事件が大きくなってしまいますよー。この貴族夫婦にとってもホテルにとってもあまりいいことではないですねー。ホテルで貴族の子供が誘拐されたなんて、メディアの格好の餌《えさ》でしょうねー」

レノアさんの言うことにも一理あったが、そんなのは二人の命とは比べものにならない。

「それはそうですけど……あの子たちの命には代えられません！　連れていかれたということは、人質にするつもりでしょう。だったら、すぐに助けに行くべきです。人命以上に優先するものは、この世にありません！」

「落ち着いてください、ご主人公様ぁー。たまにせっかちなんですからー」

警察を呼びに行こうとした私の手首を握り締め、戸惑う私にレノアさんは微笑んだ。

優しく笑っているのに、悪人にも見える。

「……？　何ですか」

「警察に行かずとも、パパッと解決する方法がありますよー」

それはもう、完全に悪魔の誘惑だった。

＊　＊　＊

これまで、レノアさんに何度も「契約を結んで主人になってくれ」と言われてきたが、そのたびに私は拒否してきた。その誘いにだけは乗るまいと、決めていた。

けれど――この状況だけは、想定外だった。

レノアさんは握り締めていた私の手を離し、覚悟が決まったら部屋まで来いと言って、立ち去ってしまった。あの顔は、完全に私が条件を呑むと確信している顔だった。悔しいことに、選択肢は他にない。

今回は人の命がかかっている。警察に届けるよりも早く、あの子たちを助けることができるなら、もう、受け入れるほかなかった。

犯人が誰なのか、その目的は何か、ということも後回しだ。

レノアさんの部屋へ向かう。

扉の前まで来てノックをすると、中から彼の声がした。

妙に緊張している。ドアをゆっくりと開くと、まるで吸い込まれるかのように身体が勝手に部屋へ滑り込んだ。

「うわ、ととっ」

足下に目をやると、まるでプラネタリウムみたいだった。夜空で見る星のような小さな輝きが、暗闇の中、いくつも輝いている。

どの部屋も同じはずなのに、レノアさんの部屋はどこまでも空間が続いていた。足もとに光る星の瞬《またた》きの他に、光源はなく……闇《やみ》がどこまでも広がっている。レノアさんの姿は——ない。

「レノアさん？」

声をかける。遠くへ響いていく声に、広々とした空間にいるのだとわかる。

肌を、冷たい風が撫《な》でた。寝ていたので下ろしていた髪が、ふわりとなびいた。

ある程度のカスタマイズは見逃そうと思っていたけれど、客室をこんなびっくり空間にしていたなんて。これ、あとからちゃんと元通りに直せるのだろうか。

ふと、クスクスと小さな笑い声が聞こえた。レノアさんだ。

「レノアさん？」

もう一度呼びかける。すると、私を挟むように、炎にも似た赤い光がつき始めた。その赤い光は星の瞬《またた》きよりも強い光を放ち、闇《やみ》の中に一筋の道を作る。赤い光に彩《いろど》られた道はゆっくりと前方へ延び、止まった。

そこに、レノアさんがいた。いつも着ているダブダブの服でも、パジャマでもなく、黒いえんび服のような衣装に、マントをつけている。髪は背中に流していた。手には白い手袋。ちゃんとした格好をしているレノアさんを見るのは初めてだった。

彼は闇《やみ》の中でひざまずいて、左手でマントの端を掴み、右手は胸元に置き、頭を深く下げていた。

「――ようこそ、レディ。私のご主人様」

声が、違う。いつも聞く声とまるで違った。低く深く、艶《つや》を帯びた声。

体勢はそのままに、彼は顔だけを上げる。壮絶《そうぜつ》なほどに美しい面を持つ男性が、そこにはいた。

表情が違うだけで、この人はこんなにも美しくなるのか。

元から美形だとわかってはいたけれど……あまりの美貌《びぼう》に、腰が抜けるかと思った。目の下のクマも消えている。

彼は濡《ぬ》れた刃《やいば》のような瞳で私の姿をとらえ――微笑していた。

「誓約《せいやく》をいたしましょう」

歌うように言う。

身体が硬直して、動かない。

「あなたが私の主《あるじ》であり、私があなたの僕《しもべ》であるという誓約《せいやく》を。私はあなたの剣、あなたの盾。死して灰に帰《き》そうとも、御前《ごぜん》を離れず玉命《ぎょくめい》に従うことを、誓いましょう」

唾液を呑み込む音すら、大きく聞こえる。口の中が渇く。

「――さあ、ご主人様。いらっしゃい」

僕《しもべ》であることを宣言しながら、自分のほうへ私を来させようとする。この人は、気安く他人の下につくことを、心のどこかではよしと思っていないのだろう。

この状況をきちんと理解できているわけではないが、従うしかない。落ち着いて、一呼吸。

「この契約を結べば、私の記憶も戻してくれるのですか」

「現段階で、戻せるものだけ。一気に返しては、容量が足りずにあなたの肉体を損傷してしまう可能性があるので。けれど、開けることができる鍵はすべて外しましょう」

「……そうですか」

「さあ、私を受け入れて、ご主人様」

己《おのれ》の勝利を確信しているかのごとく笑うレノアさんに、私はため息を一つだけ吐いた。彼へ歩みを寄せる。ひざまずいたままの彼の前で、私も膝《ひざ》を折る。胸に手を当てているレノアさんの白い手袋に、私の手を重ねた。じっと、視線を合わせる。彼の瞳に、生真面目な表情の私が映っていた。

「誓いましょう。私も、あなたと同じように。あなたが望むことを、私も叶える努力をすると。私を助けてくれたあなたが、もう二度と一人にならないで済むように。あなたが、寂しいと嘆《なげ》かないで済むように。この命が、尽きるまで」

自然とそのセリフが口をついて出た。

千年以上の長い年月を生きたこの人が、あとどれくらい生きるのかわからないけれど――私が生きている間だけは、独りにしない。そう思って言葉を返した。

「それはとても、嬉しいですね」

笑うレノアさんの唇が、私のものに重なった瞬間――私の意識は、暗転した。

完全に意識がなくなる直前。

「不完全なあなたも、愛らしかったのですがね」

ほんの少しだけ残念そうなレノアさんの声が耳に届いた。

遠くで、カチャリと鍵の開くような音が聞こえた。

＊　＊　＊

どれくらい眠っていたのだろう。

目を覚ますと、私とレノアさんは通路にいた。そして、彼はにっこり笑って「待っていてください」と言い、ホテルを出ていった。

レノアさんの作った結界は、まだ効果を発揮しているのだと思う。恐らく、結界を張った本人が帰ってこない限り、このホテルの中で自由に動き回っていられるのは私だけなのだろう。

レノアさん曰《いわ》く、私の両親も宿泊しているお客さんたちも、夢の中らしい。目が覚める頃には何事もなかったかのように、すべてを忘れているという。

じっと彼を待ち続け、夜が明けた。

「お帰りなさい、レノアさん」

窓の外を見ながらふと背後に人の気配を感じ、そう言った。振り向かずとも、なんとなく彼だとわかった。彼と契約した影響なのだろうか。

「ただいま帰りましたよー、ご主人公様ー」

いつもの調子で言う。

「あの子たちは？」

「お部屋でぐっすり。目が覚めた時には、何も覚えていないでしょう」

「よかったあ……。ご苦労様です」

無事に助けることができたのだ。本当によかった。

「犯人は、例のホテル関係者ですねー」

「……ホテル・コッソアーロの？」

「はいー。ぼくが直々に身体に聞いたので間違いはないと思いますよー」

……どんなことをしたのかは、考えずにいよう。

ふぅ、と息を吐く。

大方、うちのホテルで貴族の子供が誘拐されれば、責任問題になると思ったのだろう。だが、浅はかにもほどがある。

確かにホテルラフレシアの責任問題にはなるだろうが、相手は貴族なのだ。その程度で済むわけがない。下手をしたら、この町全体を巻き込む騒動に発展するだろう。少し考えればわかりそうなものなのに……

脳裏にピンク色の髪が浮かぶ。あの人が、こんなことをさせたのだろうか。こういう頭の悪い手段を取る人には見えなかったけれど――

「朝食後に、彼らに挨拶《あいさつ》に行きます」

窓から身体を離し、レノアさんのほうを振り向く。彼は床にひざまずいていた。

「ご主人公様。お散歩ならば、ぜひご一緒に」

「リードはありませんが、それでもよろしければ」

「あちらのホテルに行くのですね？」

「ええ」

放置なんかできるはずがない。

差し伸べた私の手を、彼が取った。指先に与えられる口づけは忠誠というより、執着されているように感じた。

＊　＊　＊

「うわー。バスなんて初めてですー。こんな鉄の塊《かたまり》が動くなんて、すごい時代になりましたよねー」

「……私はむしろ、昨夜、レノアさんがどうやって犯人たちを追いつめてたのか、そちらのほうが気になるのですが」

私は今、バスでレノアさんと二人、ホテル・コッソアーロへ向かっている最中だ。

車内には子供連れの乗客がたくさん乗っている。リトル・ロックランドが目的地なのだろう。

ガラさんはホテルにいるだろうか。事前の連絡もなく押しかけるのだから、空振《からぶ》りの可能性もある。

「ぼくが探してあげましょうか、ご主人公様」

「レノアさんがいいなら、お願いします」

「……ぼくを使うかどうかでグダグダ悩んでいた、可愛い時代のご主人公様はもういないのですね」

「悩んでいる時間が短くなっただけですよ。時は金なりと言いますし。でも、今回は使いません。自分の足で探します」

バスに揺られること二時間。

ホテル・コッソアーロに到着した。隣接するリトル・ロックランドも、なかなか楽しそうな場所である。

アーチ状の入口は風船で飾られており、綺麗なお姉さんたちが入場チケットを確認している。

だが、今日の目的はガラさんに会って、事件について聞くことだ。

私はホテルのエントランスに向かって歩き出した。

「待ってくださいよぉー、ご主人公様ー」

レノアさんが慌てた様子でついてくる。

玄関ホールの前に到着して、改めてその迫力に圧倒された。

新聞で写真を見たことはあったけれど、実物はもっとすごい。

これだけ大きなホテルをこちらの世界で見るのは、初めてだ。町の中にあるどのホテルよりも大きく、そして豪奢《ごうしゃ》だった。

壁は磨き上げられた大理石のようで、色は白。

ドキドキしつつ中に入ると、今度はホールの広さに息を呑む。

吹き抜けで天井がうんと高く、頭上には豪奢《ごうしゃ》なシャンデリアが宝石のように輝いていた。

思わず見惚《みと》れそうになるのをこらえ、フロントに向かう。

制服を着たお姉さんがにこやかに「いらっしゃいませ」と迎えてくれた。

「すみません。お尋ねしたいことがあるのですが、こちらで代表のガラさんに会うことはできますか？　わたくしは、ホテルラフレシアの娘、アンジェリカと申します。よろしければ、取り次ぎをお願いしたいのですが」

「え……？」

怪訝《けげん》な顔をされたので、以前ガラさんにもらった名刺を見せる。すると、お姉さんは「少々お待ちください」と言って後方の部屋に消えた。

すぐに戻ってきた彼女の顔には、完璧な笑みが宿っていた。

「お待たせしました。ご案内いたしますので、どうぞこちらへ」

「あ……はい、ありがとうございます」

取り次ぎがうまくいったということは、相手にもこちらと会う心づもりがあるということだ。

やはり、何か知っているのだろう。

前を歩く女性についていく。すれ違う人たちの誰もが、裕福なのだと一目でわかる。ホテルスタッフの数も多く、レベルが高い。制服の着こなしもそうだし、身のこなしも。

クレーンポートではまだ珍しいエレベーターで三階まで上がると、私たちは一番奥まった部屋の前に案内された。

スタッフの女性は三回ノックしたあとに中へ声をかける。

「お客様を連れて参りました」

「入っていーよー」

返ってきた声は何とも軽かった。女性はドアを開け、私たちに「どうぞ」と言った。

足を踏み入れたそこは、ＶＩＰ専用のラウンジルームのようだった。

かなり広く、置かれている調度品は、一目見ただけで相当な高級品だとわかる。

ガラさんが手を上げて女性に声をかけた。

「あ、あんたはもう下がっていいよ」

「はい、失礼しました」

女性は一礼をして、立ち去る。

ガラさんのピンク色の髪は、一度見たら忘れない。

彼の左右に座る部下らしき男性二人も、彼と同じくらいの年齢だろう。ガラさんとタイプは違うが、なかなかの美形で、知的な印象だ。

部屋の四方には、護衛らしき黒服の人たちが立っていた。

「よぉ、ホテルラフレシアの看板娘」

ガラさんは軽く手を上げるが、ソファから腰を上げる気配はない。それは同席している他の青年たちも同じだった。こちらを値踏みするように見ている。

うちのホテルにかき氷を食べにきた時とは違い、今のガラさんには威圧感があった。

これが、彼の本当の姿なのだ。

女の子のように見える可愛い顔立ちをしているのに、近づけば噛《か》み殺されてしまいそうな危険な雰囲気がする。

「ごきげんよう、ガルフォードさん」

「ガラでいいって。突っ立ってないで、こっちにおいでよ。そっちの縦にデカいおにーさんも一緒に」

「ぼくはご主人公様の足の下で十分……」

「レノアさん、やめてください。空気を読んでください」

レノアさんを睨《にら》みつけた後、彼らのそばへ歩み寄る。

「お言葉に甘えて失礼します」

彼の向かいのソファに腰を下ろすと、ゆっくりとお尻が沈んだ。

「それで、ホテルラフレシアの可愛い看板娘さんが、いきなり何の御用で？」

膝《ひざ》の上で手を組み、獲物を狙う獣《けもの》のような顔で笑う。

こちらも同じように笑い返した。アポイントメントも取らずにやってきたことが不快だと言わんばかりの態度だが、腹を立てているのはこちらのほうだ。

……いや、違う。彼は不機嫌を装《よそお》っているだけだ。現に、瞳には楽しげな光が宿っている。

こちらの出方を、威嚇《いかく》する形で窺《うかが》っているようだった。

私はその態度が腑《ふ》に落ちず、真顔で言った。

「単刀直入に聞きます。昨夜、うちで誘拐騒ぎがありました。あなたの仕業《しわざ》ですか？」

「え？」

てっきりしらばっくれるかと思っていたのだが、予想に反し、彼はキョトンと目を丸めた。

「……知らない……んですか？」

あれ？　この人が指示を出したとまでは思わないけれど、何かしらの情報は把握しているものだとばかり思っていた。

ガラさんの反応はこちらとしても予想外だ。

彼は本気で心配しているかのように眉をひそめている。

それには戸惑ったが、演技にも見えない。

「昨夜遅く、うちのホテルに男二人組が侵入し、宿泊客二人をさらおうとしたんです。犯人が、このホテル・コッソアーロの関係者であることは確認済みです。騒ぎにしたくなかったので、警察には届けていませんが。……あの、本当に知らないんですか？」

先ほどまで笑っていたガラさんの表情から楽しげなものはすっかり消えている。彼が頷《うなず》くと、同席していた男性たちのまとう空気にも、ピリッとしたものが混じり始めた。

「——オイ」

ガラさんが声をかけると同時に、部下の一人が立ち上がる。

「わかってるよ、ボス。調べさせる」

彼はそう言い、部屋を出ていった。

ガラさんは自分のつるんとした顎《あご》を撫《な》でると、こちらをすまなそうに見た。

「悪《わり》ィが、ちょっとばかし待ってくれ」

「ええ、構いません」

待っている間に、綺麗な女性がお茶とお菓子をワゴンに乗せて運んできた。

「安心していいよ、おちびさん。変なものは入っていないから」

「疑ってませんよ」

ガラさんがふっと笑顔を向けてきたので、私もつられるように笑ってしまった。

勧《すす》められたお茶を口に運ぶと、ほんのりと花の香りがした。レノアさんも大人しくお菓子を食べている。

「そういえば、ホテルラフレシアで子供向けのメニューを出し始めたんだって？　新聞で見たけど、アレ、超クールだよね」

「新聞に載ったのは、ほんの一例ですよ。その日その日でメニューを変えているんです」

「へえ、そうなんだ！　俺も食ってみてぇなー」

「残念ながら、年齢制限がありますので」

「えー。すげぇ気になるのにー」

そんな風に世間話を続けていると、ドアがノックされた。

「入れ」

ガラさんの鋭《するど》い声を合図にドアが開かれ、男が二人、なだれ込むようにして入ってきた。

「っ……」

その姿を見て、緊張が高まる。男たちは灰色のつなぎを着ているのだが、あちこち泥や血で汚れている。顔も腫《は》れていて傷だらけだし、ものすごく苦しそうだ。

「コソコソしている怪《あや》しいのがいたから捕まえてきたよ。まあ、俺が聞く前からこんな感じでボロボロだったけどね」

戻ってきた部下の男性が、彼らを足蹴《あしげ》にした。

ガラさんは立ち上がって彼らのそばへと行くと、そのうちの一人の髪を掴《つか》み、引き上げて顔をこちらに向けた。

「おちびさん。汚くてすまないが、確認してくれ。こいつで間違いないか？」

「私は、顔を見ていないので。でも、隣にいるこの人は知っています」

レノアさんを見やると、顔をはお茶を飲みながら頷《うなず》いた。

「間違いないですよ」

そっけなくレノアさんが答える。

「そうか。おい、ちょっと起きろ」

ガラさんは男の人の頭から手を離すと、今度は足で彼らの身体をひっくり返す。

「っ……」

小さな悲鳴が、私の口から漏れた。暴力沙汰《ざた》は怖い。どうにか、声がこれ以上漏《も》れないように、唇を引き結ぶ。

「……ぅ……ボ……ス」

腫《は》れ上がっている瞼《まぶた》がわずかに持ち上がり、男の人の呻《うめ》き声が上がる。

「お前は昨夜、ホテルラフレシアに入り込んでガキをさらおうとした。イエスかノーか」

「うぅ……」

「さっさと答えろ。さもねぇと、てめえの汚ねぇ身体に火をつけるぞ。それから、嘘も許さない。嘘だと判断すれば、てめえには運河で魚の餌《えさ》になってもらう」

「はぃ……やりまし、た……」

小さな、震えた声だった。ガラさんがにんまりと笑うのが見えた。

許した――のかと一瞬思ったが、そうではなかった。足を振り上げ、思い切り男の腹部を踏みつける。踏まれたほうはぐぅっと呻《うめ》き、口から泡を吹いた。

「恥知らずのクズ野郎。女子供には手を出すなって言っただろうがよ。人の顔に泥塗ってんじゃねぇよ」

「俺たちは、あんたのためにやったんだ！」

もう一人、まだドアのところで転がっていた男が必死に叫んだ。彼のそばに立っている護衛のお兄さんは、そんな男の人を冷たく見下ろしている。

「そこの娘のホテルが調子に乗ってるから！　この町で一番のホテルは、このホテル・コッソアーロだ！　あんたが、ウチの組が、一番に決まってる！　それなのに、町の奴ら……そこの小娘のし

みったれたクソみてーなホテルが引けを取らないとか言い出しやがった！　そんなわけはねぇんだ！　俺たちのホテルが……一番だ……だから、思い知らせてやろうとしたんだ！　俺たちの力が、俺たちのファミリーが一番だって……ぐぅうう!!」

その頭を踏みつけたのは、護衛のお兄さんだった。

「薄汚い口を勝手に開くな」

後頭部に足を乗せて、踏み潰《つぶ》そうとしている。

「ぐぅ……なんでだよ……俺たちは、あんたたちのためにやったんだぞ！　ライバルが潰《つぶ》れちまえば、もっと名前が売れるだろう。そしたら、組だってデカく……ハハ。な、なあ……そこの小娘のホテルにゃ今、お貴族様が泊まってんだよ。またガキをさらって、今度こそ、そいつらを潰《つぶ》しちまおうぜ」

男は正気を失っているかのように見える。

私は、大事なホテルを馬鹿にされた気がして、ひどく不快な気分だった。

「これだから、教養のない馬鹿は嫌いだって言うんだ」

やれやれ、と部下が肩をすくめると、ガラさんも「本当だな」と続いた。

「貴族のガキがさらわれるなんて大スキャンダルが起きたら、ホテルラフレシアの問題で済むはずねーだろうが。女子供に手を出した奴は地獄に堕《お》とされるって、何回言えばわかるんだ」

……怖い。平然とした顔を作るのも大変で、神経が擦《す》り切れそう。

「ボス。レディにあまり長く見せるものではありませんよ」

ソファに座ったままだった、もう一人の部下が言った。

「そうだな。連れてけ」

護衛の人たちが頷《うなず》き、犯人である二人を引きずっていった。

「ごめんよ、おちびさん。うちの下の連中がオイタをしていたようだ」

先ほどまで人を踏みつけていたとは思えない、人懐っこい笑顔でガラさんが言う。

そしてソファまで戻ってきて、先ほどと同じ位置にドカリと腰を下ろした。

どう答えていいか迷い、結局返事はせずにガラさんの目を真っ直ぐに見た。

「怖い思いをさせて悪かったな」

本心から言っているのだろう。申し訳なさそうな表情をしている。

「いえ……大丈夫です」

暴力を認めるつもりはないけれど、部外者が好きに言っていいわけではないだろう。

「それよりも、大事なのはここからです。今回、そちらの身勝手な行動で、私たちは被害を受けました。先ほど、警察に届けていないと言いましたが、場合によっては届け出ようと考えています。誇りある——ガリレーゼ・ファミリーの一員であるあなた方が、先ほどの彼らを逃がして、証拠を隠滅《いんめつ》したりしないと——私は、思っています」

ホテル・コッソアーロとリトル・ロックランド。その二つの経営を任されているのが、ロケットヒーローズ社。そして、その代表が目の前にいる年若い青年だ。

その青年のことを、昨夜の誘拐犯たちは〝ボス〟と呼んでいた。ファミリーとも口にしていた。

見た目も、マフィアっぽい人たちだった。その彼らが、ガラさんをそう呼んでいたのだ。

ホテル・コッソアーロ、リトル・ロックランド、ロケットヒーローズ社。

その三つが、ガリレーゼ・ファミリーと繋がっているんだ。この山側に巨大な施設ができたのは、その三つがすべてガリレーゼの傘下《さんか》だから。

そして、ガラさん――ガルフォード・ラインは、ガリレーゼ・ファミリーの一員なのだ。

「何が目的だい？」

彼は否定しなかった。肯定もしなかったけれど。

「今回の件において、こちらは条件さえ呑んでくだされば口を閉ざし、なかったことにいたしましょう」

「脅すのかい？」

互いの視線が交差する。合わせた目は、決してそらさない。そらしたほうが負けだと、お互いに知っていた。

私は心臓が早鐘《はやがね》を打っているのを隠して、真っ直ぐに彼の瞳を見つめ続けた。

緊張で、喉が渇いていた。

退《ひ》けない。

怖気《おじけ》づいているのを悟《さと》られた瞬間、対等に話をすべき相手だと思ってもらえなくなってしまう。

怖いからこそ、反対に強く見つめ返すのだ。

ガラさんも、静かな瞳で私を見つめていた。

厄介な相手だ。こんな目をする人を相手にするのは、正直しんどい。

――だが、不意にガラさんは目元を和《やわ》らげた。

「――ハハ。いい目だな。堅気《かたぎ》のままにしておくのは、もったいない。ウチに来ないか？」

「ガリレーゼ・ファミリーに？」

「冗談だよ。それで――何を条件として呑ませたい？」

セクシーに笑う唇。紅茶で濡れたカップのふちを、ゆっくり人差し指で撫《な》でる仕草がやけに艶《つや》めいて見えて、思わずわずかに視線をそらす。

それに、改めて何が条件か問われ――迷ってしまった。賠償金を請求したい気持ちはあるけれど、それをしてしまうと……ここにいる護衛の人たちの逆鱗《げきりん》に触れてしまいそうで怖い。だからといって、何も請求しなければ、この先また同じようなことが起きる気もして、安心ができない。

要は、この人たちがうちのホテルに何もしない――そう思える保険が、欲しいのだけど。悩む私の横顔に、ガラさんの視線が刺さっているのを感じて……妙に恥ずかしい。

「ハハ。おちびさんは、可愛いな」

……笑われた。わざとか。

私は不満を訴えるような目をガラさんに向けた。

私の反応を見てまた笑う。実に楽しそうだ。

先ほど見せた、艶《つや》めいた雰囲気とはまるで違う、少年みたいに無邪気な顔をしていた。

「まあ、おちびさんの可愛い口から条件を示せなんて。そりゃ、酷《こく》な話だよな。優しいお兄さんが、こっちから言ってあげよう」

ガラさんは少し後ろに背中を反らすと、深くソファに座り直した。組んでいる足の膝頭《ひざがしら》に、手を重ねて置く。

「今回の身内が起こしたことへの迷惑料として――これだけ出そう」

ガラさんがテーブルに置かれていた紙に書いた金額に、私も、ガラさんの部下の人たちもにわかにざわついた。

その金額は、万が一うちのホテルが天災などに見舞われても、丸ごと建て直せるくらいの莫大《ばくだい》な金額だった。

「……うちのボスにしては、ずいぶんと景気のいい話だね」

「もちろん、ボスのポケットマネーから出すんだよな」

部下の人たちからの、どことなく責めるような視線を集めたガラさんは「えー」と声を上げる。

「経費から出すに決まってるだろ。俺のお小遣いで足りるわけがないじゃん。この一件が明るみになると、このホテル・コッソアーロもリトル・ロックランドも、評判は地に落ちちまうだろー？

そうなったら、これから先見込んでいた利益が全部パーになっちまう。そのことを考えたら、このくらいが妥当な金額だと、俺は思うけど」

唇を尖《とが》らせてガラさんが言うと、部下の人たちは互いに顔を見合わせて、難しそうな顔をした。

しかしすぐに、諦めるかのように深い息を吐いた。

「仕方がないね。ボスの言うことは一理ある。何より、一度口に出したことを撤回させるような真似を、うちのボスにはさせられないからね」

「役員たちの説得は任せろ。万が一、渋ったら俺が貸してやるよ」

「その話には、俺も一枚噛ませてもらおう。俺とボスの間柄だ。担保なし、金利なしでいいよ。なんなら、ここにいる全員から出してもらえばいい。ハハ。借金まみれだな、うちのボスは」

「経費から絶対落としてやる！」

借金まみれなんか冗談じゃねえよ！　と言って、ガラさんはプリプリと怒っている。

仲良しだな。まるで男子高校生のようなノリだ。

彼らだけで話が進んだけれど、どうやらお金を払ってもらえるようで一安心。

自分の口から言い出さずに済んでよかった。

さて――突然の訪問の建前は、これでいいだろう。

「ところで、ガラさん。少しお話がしたいのですが」

「ん？　可愛い女の子に求められるのは嬉しいね」

「ここから先は、できたら人払いをお願いしたいのです」

ガラさんにとっても私にとっても、他の人たちには聞かれないほうがいいと思う。

部下の男性たちは目配せをする。自分たちのボスから離れたくはないのだろう。

相手が私のような小娘でも、警戒するに越したことはない。

「だったら、そちらの無駄にデカい兄さんにも退場願おう。一対一なら、構わないよ」

部下の一人が条件を出す。

「ご主人公様ぁー。ここのボスは、こんなに可憐《かれん》な娘さんと二人きりじゃないと、話もできないんですってぇー。ぷぷぷー」

煽《あお》るような発言をしたレノアさんに、ため息が出た。この人は相手がマフィアでもお構いなしだ。

「なんだと⁉」

ほら。怒らせてしまった。ガラさんではなく、他の人たちが殺気立つ。

「やめろって。そりゃ、俺とおちびさんの二人だけでなんて指示したら、そう思われるっての。でも、何で二人きりがいいんだ？　愛の告白なら、周りに人がいたって構わないけどね」

「――ご主人公様。こんなハレンチな男、ぼくが今すぐ亡き者に……」

「ボスに手を出したら、それなりの覚悟をしてもらおう」

ガラさんと一対一で話したい私と、二人きりにしたくはない彼の部下たち。そして空気を読まないレノアさん。このままだと、話は平行線だ。

私は切り札を出すことにした。

「コーラ」

「ん？」

「知ってますよ。黒くて、泡の立つ飲み物。私のよく知っている商品は、赤いパッケージに白いロゴが入ってましたけど」

その瞬間、ガラさんはソファから立ち上がり、まるで幽霊でも見たような顔で私を見た。

ボス？　と声をかけられて座り直したが、彼が動揺しているのは、誰の目にも明らかだった。

「お前たち、全員下がれ」

「な……ボス⁉」

「——悪《わり》ィ。このお嬢ちゃんと二人で話がしたい。血の掟《おきて》に従い、俺に従え」

静かなガラさんの声で、護衛も含め、その場にいた全員が部屋を出ていく。

「部屋の外に見張りを立たせてもらう。何かあったら、すぐに呼んでくれよ」

そう言い残して。

室内には、私とガラさん、そしてレノアさんが残された。

「そちらのお兄さんはいいのかい？」

「彼は、事情を知っていますから。ガラさん——あなたは、何者ですか？」

「その言葉、そっくりそのまま返すよ。あんたこそ何者なんだ？　夏のかき氷も、秋口に出てきたお子様プレートとやらも、俺は元の形を知ってる。それでもまあ、アイデアとしてまったく浮かばないものでもないから、偶然かと思っていたが——そうじゃないんだな」

「私も、アイスクリームを知っていますよ。リトル・ロックランドで人気が出るようになる前から」

「ハンバーガーは知ってるか？」

「ええ。ハンバーグが中に入っているファストフードですよね。そして、リトル・ロックランドのジェットコースターも……あなたが考えたものですね」

リトル・ロックランドの計画がクレーンポートで流れ始めたのは、二年ほど前。できあがったのは今年になってからだけれど、噂話は流れていたのだ。

それまでジェットコースターのような乗り物はこちらの世界にはなく、最初に話が出回った時も、大半の人はどんなものか想像がつかずに、首を傾《かし》げていた。

私は、こちらの世界にもそういうものができ始めたのね、くらいにしか思っていなかった。だけどまさか——私と同じように、違う世界から来た人間がいて、その人物が考え出したものだなんて。

「そうだよ。ガキの頃にうちの近くにあった遊園地を思い出してさ。まあ、俺は技術的なことではあんまり役に立ってないけど、うちには優秀なスタッフが多くてね。俺のつたないリクエストによく応《こた》えてくれたよ。そのうち、ホットドッグも売り出す予定なんだ。園内でものを食いながら歩くのは、最高に楽しいからな」

「そうですか」

沈黙が訪れる。互いに、もう十分わかった。こちらにない世界の話題で、会話ができる。

「――日本出身、四ノ宮安奈。私の元の名前です」

「アメリカ出身。名前までは覚えてない。イタリア系アメリカ人だった」

やはり、そうだった。

この世界にやってきていたのは、私だけじゃないのだ。

「……どうりで、仕掛け方が日本人のようだと思ってたよ。俺、日本文化が好きだったからわかるんだ」

「私も、ド派手な仕掛け方が、アメリカっぽいなって」

そもそも、リトル・ロックランドもホテル・コッソアーロも、その存在自体が派手さの塊《かたまり》だし。

「やるなら、とことん派手なほうがいいだろ？」

そう言って、片目をつむる。

聞くと、ガラさんは十五歳の時に事故に遭《あ》い、その時に、昔アメリカで生活していた前世の記憶を思い出したらしい。

「それから、色々と前世の知識を小出しにしてたら、組の連中に目をつけられて、あれよあれよという間に、組の幹部になったってわけ」

「ガリレーゼ・ファミリーの？」

「突っ込むね。怖いおちびさんだ」

「ガラさんはおいくつなんですか？」

「十九。中身はもうちょっと上だけどな」

そんなに若くしてマフィアの幹部だというのだから、すごいというか、なんというか……

「他にこのことを知っている人はいるんですか？」

「いや。一度話したが、信じてもらえなかった。そっちは、その兄さんが知ってるようだけど」

「……まあ、保護者みたいな人です」

レノアさんの説明をすると複雑になるから、とりあえずはそう言ってごまかしておく。

「へえ。あんたは、オーナー夫婦の娘だと思ってたが」

「養女になる前に、この人に助けてもらっていたんです」

私とガラさんは、時間も忘れて色々と話した。

主に、こちらの世界の誰とも共有できなかった話題だ。住んでいた国と生まれた時代に少しずれがあったので、話が噛《か》み合わない時もあったけれど、思い出話をするのは懐かしくて楽しかった。

＊　＊　＊

「ご主人公様。ずいぶんと、楽しそうでしたね」

帰りのバスの中で、レノアさんがぶーっとむくれた顔で言ってきた。

ガラさんとの会話に夢中になって、レノアさんを放置していたのが悪かったようだ。気づくと彼は隣で膝《ひざ》を抱《かか》えて、しょんぼりとむくれていた。靴はちゃんと脱いでいる。

千年以上生きているのに、どうしてこの人は大人げがないのか。

「ええ。実際、楽しかったですからね」

「ぼくは、あんなチンピラとご主人公様が仲良くするなんて反対です。ぼくはそんなご主人公様に育てた覚えはありませんよ」

「育てられた覚えもありません」

相変わらずなレノアさんだけど、今日も一日付き合ってくれたことには感謝している。

「今夜の夕食にはデザートをつけてあげますね」

昨夜からずっと、彼には活躍してもらっているしね。甘い物好きのレノアさんは大いに喜んだ。

＊　＊　＊

例の貴族ご一家の滞在期間も残りわずかとなった日の夜。

ディナーの後、旦那様だけが一人で食堂に残り、読書をしていた。

「アン。あの方にこちらの飲み物をお出しして」

「うん。わかった」

お母さんは厨房《ちゅうぼう》で食器を洗う合間に、温かいお茶を淹《い》れてくれていた。私は食器を拭く手を止め、カップをお盆に載せる。

フロアへ出て、静かに近づいてお客様に声をかける。

「お客様。よろしければ、どうぞ」

「——ああ、これはどうも」

一礼して立ち去ろうとした私を、旦那様が呼び止めた。

「君はここの娘さんだったね？」

「はい」

「このホテルの食事は、どれもとても美味《おい》しかったよ。特に、子供たちに出してくれたお子様プレートは、本当に素晴らしい。料理人の深い愛情を感じた」

「ありがとうございます」

ホテルラフレシアや家族のことを褒《ほ》められるのは、素直に嬉しい。

「けれどね」

優しげだった旦那様の瞳に厳しい光が宿り、私は姿勢を正す。

「確かにこのホテルの料理は素晴らしいが、いささか、料理に意識が傾きすぎている気もした。接客が悪いとは言わないし、掃除も行き届いてはいる。だが——料理が素晴らしい分、どうしても他の粗《あら》が目立ってしまう」

鋭《するど》い指摘に、胸を突かれたような感じがした。

脳裏に、ギルバートの声が蘇《よみがえ》る。

——自分んちがホテルなんだってことを、忘れんなよ。

「ただの料理屋ならば食べて終わりだが、ここは宿泊施設だ。食べて、寝て、起きて。短期間ではあるが、生活のすべてを行う場所になる。これから先、このホテルはもっと広く名の通るホテルになるだろう。帝都の人間の耳にもその評判が届くかもしれない。この先も客を途絶えさせないように、基本をもう一度見つめ直したほうがいい」

「……はい」

反論の余地はなかった。

私もずっと、感じていたことだったからだ。

少しずつ改善していこうと思っていたのだが——先にお客様に指摘されてしまったことが、情けなかった。

優しいお叱りを受け、部屋に戻ってからも色々と考えを巡らせていた。

「ここは、ホテル」

料理だけがラフレシアのよさじゃないことを、知ってもらう必要がある。

「お父さんとお母さんのお手伝い要員じゃいけないのよ」

看板娘と名乗るからには、お父さんたちに頼ってばかりいてはだめ。

——落ち着いて、綺麗にほどきなさい——

ええ。落ち着いて、やってみせるわ。

——おばあ様。あなたに教えられたことを……

＊＊＊

翌朝。私はいつも以上に早起きをした。

お客様からいただいた言葉を胸に刻《きざ》み、今まで以上に綺麗に丁寧に、玄関の前をほうきではく。

このホテルの前を通るすべての人が、うちに宿泊されるお客様だと思いながら、心を込めて綺麗にしていく。ドアを拭き上げ、食堂の床にモップをかける。いつもと同じ作業。でも、より丁寧に。素早く。

私は前世でも——こうやって、お客様を迎え入れる立場だった。

渓流《けいりゅう》が見える山奥の秘境温泉。その町にある、規模は小さいけれど、格式のある宿。雑誌などには掲載されず、知る人ぞ知る旅館が、私の実家。全寮制の高校に入学するまでの日々を過ごした場所。

生まれた時から旅館の娘として躾《しつ》けられ、「万《よろず》のことを満遍《まんべん》なくこなせるように」と教育を施《ほどこ》された。学問だけではなく、人様に対する礼儀や作法。美しい所作、話し方。

茶道や日舞《にちぶ》、琴《こと》に至るまで、おばあ様——私の祖母が熱心に教えてくれた。

全寮制《ぜんりょうせい》の高校生活は、家を離れた初めての期間だった。

「綺麗にほどきなさい。丁寧に、落ち着いて」

それが、おばあ様の口癖。両親よりも私の躾《しつけ》に厳しく、誰よりもお客様のことを考えていた人。

小柄だったけれど、いつも背筋をピンと伸ばし、着物をピシッと着こなしていた。その姿を見て、子供心に憧れたものだ。厳しかったけれど、とても優しい人でもあった。私の大好きな、おばあ様。

万《よろず》のことは、落ち着いて。丁寧に。

掃除を終えると、自分たちの朝食の時間になった。いつもと同じように、食べ終えたら今度はお客様たちの朝食の準備をする。

そして、出発の準備を整えたお客様たちをお見送りする。

「また、お越しくださいませ」

一礼。挨拶《あいさつ》を口にしてからお辞儀をする。決して同時にしてはいけない。お辞儀をしながら言葉を述べると、必ずどちらかがおざなりになるのだ、と言われてきた。

息を吸いながら上体を倒し、身体が止まったところで息を吐く。再度息を吸いながら、上体を起こす。

「礼三息《れいさんそく》」と呼ばれるこの呼吸法は、綺麗な姿でお辞儀をする時にとても効果的だ。

その後も、お客様の目につかない場所も掃除の手を緩《ゆる》めることなく、お客様の欲しいものを先に読めるように、じっくりと行動を眺める。無論、相手に気づかれないように。

お父さんたちには、「なんだか急に大人びた」と言われた。


翌朝。

貴族のご家族にも、同じようにお辞儀をして、別れの挨拶《あいさつ》を述べた。

玄関には、立派な馬車が到着している。古い慣習を大切にする貴族たちは、馬車での移動を好む。

馬車は家族が乗るための一台に加え、護衛用として前後に二台ずつついていた。

「とても美しい」

私のお辞儀を見た旦那様の口から、感嘆《かんたん》の声が漏れた。

奥様も、少し驚いたように私を見て言った。

「あなたは、どこかのお屋敷にご奉公に上がっていたのかしら？」

「いいえ、奥様」

「それでは、お父様に習ったのね。あなたのお父様は、とても貴族の生活に詳しいようだったから」

「はい」

礼儀作法を習ったのはお父さんからではないが、あえて否定はしなかった。お父さんから学んでいることは、山のようにあるのだから。

「私はこのホテルで、食事以外の事柄に物足りなさを感じると述べたが——撤回しよう。最後の一日、このホテルラフレシアで過ごした時間はとても有意義だった。素晴らしいホテルだよ。帝都の一流ホテルにも、引けをとらないだろう」

手放しの賛辞《さんじ》に、頬が赤くなるのを感じる。

よかった。最後の一日とはいえ、満足してくださったのだ。

「そういえば、君のお父さんにはどこかで会ったことがあるような気がするのだが、どうにも思い出せなくてね」

立ち振る舞いが上品で貴族みたいに見えたからかな、と旦那様が笑った。

旦那様と奥様の言葉を聞いて、「お父さんは過去にお仕事か何かで貴族と関わっていたのかも」と感じた。この方たちが住む地方では貴族は葡萄酒《ぶどうしゅ》を口にしない、と知っていたし……

昔のお父さんがどんな風に暮らしていたのか、いつか聞いてみたいな。

馬車が去ると、最後のお客様が出ていく時間になった。

「いや、本当にとてもよかったよ。またこの港町に来たら必ずここに泊まる。今度は家族を連れてね。ここの名物を子供たちにも食べさせてあげたいんだ。本当に、こんなに気持ちよく過ごせるホテルは珍しい」

恰幅《かっぷく》のよい男性は、嬉しそうに言ってくれた。

お客様に喜んでもらうことが、私たちにとって何よりも嬉しく、元気の源《みなもと》になる。

またのお越しをお待ちしております、お客様。

5　ホテルラフレシアで朝食を

「嘘でしょ⁉」

予約名簿を見て悲鳴を上げる。

人数さえ把握していれば名簿の確認は当日で十分だったので、今まで気に留《と》めていなかったけれど……

ガルフォールド・ライン。

そこに書かれていたのは、まぎれもなく、ピンクの髪をした、あの人のものだった。

同姓同名⁉　いや、まさか……

こういう時の嫌な予感というのは、当たらなくていいのに当たってしまうものである。

チェックインの時刻になると、彼は本当にやってきた。

「来ちゃった♥」

いきなり遊びにきた彼女か！　と突っ込みたくなるような軽さだ。

彼はニヤニヤと笑っている。

そして彼の後ろには、以前あの豪華な部屋で見た顔がそろっていた。彼らは皆、大きなバッグを抱《かか》えている。完全に、泊まる気満々だ。

「ちょっと待って、お父さん！　どうして……!?」

一緒に受付用のカウンターに立つお父さんを仰ぎ見ると、何かおかしなところでもある？　といった風に、きょとんと小首を傾《かし》げている。

「問題があるのかい？」

「も、問題って……だ、だってこの人たち、ホテル・コッソアーロの……！」

ライバルホテルのトップとその部下なのだ。しかも、彼らは明言こそしていないが、ガリレーゼ・ファミリー――つまりマフィアなのである。

「知っているよ。けれど、それのどこが問題なんだい？　ちゃんと予約をして宿泊しに来てくださった大事なお客様じゃないか」

ほのぼのと諭《さと》され……頭を抱《かか》える。

お父さんの言い分もわからないわけじゃないけれど……

でも、オーナーがそう言うなら仕方がない。

私も腹をくくろう。

どんなことにも冷静に対処しなさいと、おばあ様も言っていたし。

「失礼いたしました、お客様。こちらにお名前をご記入ください」

表情を改めて言う。

私のよそいきの顔と声が面白かったのか、ガラさんたちは笑いを噛み殺しているけれど……聞こえてますよ！

台帳にそれぞれ名前を書いてもらった後、二階にある客室へ案内する。レノアさんが宿泊している部屋以外の七室が、すべて埋まった。

「へえ、今日は俺たちの貸切かぁー」

「最近、うちのホテルの大きさに慣れていたので、このサイズは新鮮ですね、ガラさん」

「ああ。ここ、飯が美味《うま》いんだろ？　俺、それがすっげー楽しみ」

「ボス。誰と一緒に寝る？　それとも贅沢《ぜいたく》に、一人部屋を満喫するかい？　こんな機会じゃなきゃ、一人の時間なんてめったに取れないぞ」

「そうだなー。一人、王様気分でも満喫しちゃおうかなー」

客室のドアの前で、全員子供のようにはしゃいでいる。

この光景を見ていると、とてもマフィアだとは思えない。

順番に部屋に案内していく。一人で部屋を使用するガラさんは最後になった。

「バスとトイレは左側にあります。お食事の用意ができたらお呼びしますね」

「あー、よろしく」

「何かあればいつでもお声がけください」

それでは、と一礼して部屋を出ようとすると、ガラさんに「なあなあ」と呼び止められた。

彼はバフンと音を立てながら、豪快にベッドに腰を下ろし、足を組む。

そんな姿が、またよく似合う。

「びっくりした？　急に来ちゃって」

「……驚きました。ものすごく堂々と来ましたね」

「おちびさんが、うちのホテルに乗り込んだ時ほどじゃないと思うけどね」

そう言って、からかうように私を見る。

「……それで、何でうちに泊まりに来たんですか？」

あれほどの巨大な施設の責任者なのだ。思いつきや酔狂《すいきょう》というわけではないだろう。

目的は何かはっきりと知っておきたいのが本音だった。

「実はさ、俺たちは長いこと超真面目に働いていてね、有給休暇が溜まりに溜まっているのよ。それで、休暇がてら気になっているホテルにでも行くかなあーとか思ってたら、うちの奴らまでついてきちゃって」

「……有給休暇を使ってきたんですか？」

「そう」

「プライベートで？」

「うん」

本当かな。何か他に企《たくら》んでいるんじゃ……

この人は、見た目は可愛らしいお兄さんだけど、中身はとんでもなく切れ者だから、気が抜けない。

「ま、一日だけど世話になるから、よろしくな」

「あ、はい。よろしくお願いします」

改めて一礼して、今度こそ部屋を出る。息を吐き、自分に気合いを入れ直した。

彼らが何を考えているのかは知らないけれども、私たちはホテルラフレシアのスタッフとして、お客様にご奉仕するだけ。

午後、いつもと同じように廊下のモップがけをしていると、ガラさんの部下の一人が部屋から出てきた。

「レディ。この部屋はいい匂いがするけれども、何か秘密があるのかな？」

美形で物腰も穏やかだ。私は笑顔で答える。

「最近始めたのですが、アロマサービスというものです。窓辺に置いている器《うつわ》に、植物から抽出した香料を含ませた紙を入れているんです」

「なるほど。とてもいい匂いだ」

「リラックス効果がある匂いにしています。お気に召していただけてよかったです」

「ありがとう」

会釈《えしゃく》をして、その場を立ち去る。

食堂に下りると、また別の部下が二人、座っていた。

テーブルには紅茶が置かれている。どうやら、私が廊下の掃除をしている間に、お母さんが出してあげたものらしい。

彼らの中では年かさの男性が私を見て声をかけてきた。

「お嬢さん。少し尋ねたいことがあるのだが、この辺《あた》りに、幼い女の子が好みそうなプレゼント……食べ物でもいいんだが、そういったものを置いている店を知らないかな？　先ほど奥方に尋ねたんだけど、自分よりもお嬢さんのほうがよく知っていると、言われてね」

「相手はどのくらいの年齢ですか？」

「ようやく十歳になったばかりの小さなレディさ。世話になっている人のお孫さんでね。今度食事会に呼ばれているから、その手土産《てみやげ》にならないかと……前に呼び出し、いや、招待された時は仕事で行くことができなかったから、その時の罪滅ぼしにと思って」

「山側と港側なら、俺たちもそれなりに詳しいんだが……中央区は不案内でね。この憐《あわ》れなデカブツを助けてやってくれないかい？」

もう片方の男性がそう言って笑うと、年かさの男性は相手を小突いた。

「デカブツは余計だ。お前は、あのレディの甲高《かんだか》い声で、『あなたのセンスってイマイチなのよね！』と言われた俺の気持ちがわかるか!?　あの年齢の女性に贈るものが、俺にわかるはずがないだろう……！」

休日なのでスーツではないけれども、カジュアルなシャツもズボンもすごく似合っていて、かなりセンスはよさそうだけど……

小さな女の子が喜ぶものを探すのは、なかなか大変よね。

お任せあれ。お客様のご要望に応《こた》えられるように情報収集しておくのも、ホテルスタッフとしての大事なお仕事だから。

「それでしたら、このホテルから右手にしばらく歩いたところに雑貨屋さんがあるので、そこでお探しになるのがいいと思います。品揃えも品質もいいんです。お相手の年齢や性格を伝えると、店員さんが一緒に考えてくれますし。花で飾られている桃色の看板が目印です」

「そうか。助かったよ」

「いえ、どういたしまして」

喜んでもらえるといいなと思いながら、その場を後にした。

ディナー前に一度、自分の部屋に戻ろうと階段を上っていた私を、今度はガラさんが呼び止めた。

何だか今日は、よく声をかけられる日だ。

もちろん、それに応《こた》えるのが私の仕事であるから別に構わないのだが。

「なああ、おちびさん。やっぱり、ディナーにお子様プレートを出してもらうのはムリなのかなー？」

「それは……」

「俺たち独り身だから、ガキを一緒に連れてくることはできねーしさ。きっと、このチャンスを逃したら一生……」

悲しそうに目を伏せる。

ぐっ……作戦かもしれないというのに、胸が痛む。

お客様の事情に合わせて柔軟に対応するのも、仕事とは言えるが……

「ちょっと、オーナーに確認してきます」

「マジ？　よろしく！」

ああ、やっぱり作戦だったのかも。だけど、本当に嬉しそうに笑うから、「いいか」と思ってしまった。

厨房《ちゅうぼう》にいるお父さんのところに向かう。

私の気持ちとしては、少しだけ食べてほしいような気もする。

国は違っても、私と同じ世界に生きていた人に、私たちのホテルで出している自信作を。

お父さんにガラさんの希望を説明すると、お父さんは少し考えてから「いいよ」と言ってくれた。

「今夜は貸切でもあるし、大丈夫だろう。しかし、大人の男性にとっては量が少ないから、他で補わないとね」

そう言って、お父さんは楽しそうに笑った。料理が大好きな人だから、料理のことで色々と考えるのは楽しいんだろうな。

「ありがとう、お父さん。伝えてくるわ」

私は急いで、ガラさんの部屋へと向かった。

部屋の前まで行き、扉の前で深呼吸。

ドアをノックすると、すぐに扉は開いた。

「どうだった?」

「OKだそうです」

ガラさんは「イェエア!」と大きくガッツポーズ。

この人、本当に食べたかったのね……

「超楽しみ! あ、そうだ。今、暇?」

「え? 特に用事はないですけど」

「じゃあ、少し俺の部屋でおしゃべりしない? あ、不安だったらあの時のデカい兄ちゃんを護衛に呼んでもいいけど」

「いえ、大丈夫ですが……」

レノアさんは珍しく、今日はおねむの日なのだ。彼はたまにたっぷりと睡眠をとる日があるのだが、どうやらそれが今日だったようである。

「あなたが、変なことをするとは思いませんし」

「あれ？　信用してくれてるの？」

「女性と子供には何もしないいんですよね？」

「そうそう。よく覚えてたね」

彼らには彼らの、守るべき掟《おきて》がある。それを破ることはきっとしないだろう。

「じゃあどうぞどうぞ」

いつも私たちが掃除をしている部屋なんだけど、こうやって改めて招き入れられると変な感じがする。

「あ、そこに座って」

サイドテーブルのすぐそばにある椅子に座るように促《うなが》された。

ガラさんは、ベッドに腰を下ろす。

うーん……座るだけで絵になる人だな。

レノアさんの場合は絵画のモデルとかになりそうな感じなんだけど、この人の場合はアイドルの写真集って感じかしら。

「ここのベッドってさ」

彼は言いながら、ベッドにかかっている厚手のブランケットを手に取った。

「枕のとこに、こうやって……ちょっとゆとりがあるのな」

「ええ」

「さっき、ベッドに入ったの。すげぇ、中に入りやすい」

「それはよかったです」

一般的に、ブランケットはピシッと伸ばし、マットレスの下に挟みこむのが美しいとされる。

確かにそうすると見た目は美しく、清潔感があるのだが……実際に寝る時、ブランケットをマットレスから引き出さなければならなくなる。その時、少し力も必要になる。

ゆえに、ベッドの入り口を作ろう——という私の意見が採用されて、枕の部分に少しだけゆとりを作っているのだ。

「ベッドだけじゃなくてさー、トイレもバスも手入れが行き届いてんのね」

「お褒《ほ》めに預かり、光栄です」

「さっきさ、他の連中とも少し話したけど、ここって色んなところに気配りができてんのな。俺さ、ホテルラフレシアって飯がメインだと思ってたから、正直、あんまり期待してなかったの。けど、いい意味で裏切られた。ここ、いいホテルだよな」

「……ありがとうございます」

思わず頬が緩みそうになる。

ライバルホテルの人に褒《ほ》められてしまった。

「おちびさんは、俺んとこのホテルがどんなんなのか、知ってる？」

「すごく設備が充実していると聞いています。先日お伺《うかが》いした時にも拝見して、とても立派なホテルだと思いました。あそこでひと時を過ごせば……きっと、一生の思い出になることでしょう」

一部しか見ていないけれども、ホテル・コッソアーロのすごさは、肌で感じた。

どこをとっても、一流のものばかり。ホテルの中で働いている人たちのレベルも非常に高い。

「うちはかなり、造りが派手だよ。客室はシックな感じでまとめているけど、スパとかレストランはすげぇよ。特にスパは、なんたって、バリ風だからな」

「バリ風……」

脳内に、石像や観葉植物だらけの大浴場が浮かび上がる。

「だが、おちびさんと出会ってから、ジャパニーズ銭湯スタイルもいいかなって、思い始めてる。壁面にマウント富士《ふじ》と鷹《たか》となすびを描けば、それっぽく見えるかなぁ」

何も縁起《えんぎ》のいいものをすべて絵にしなくてもいいと思う。

「他にサウナや垢《あか》すりマッサージもある。マダムだってジェントルマンだって、身も心も財布の紐も緩んじまう素敵空間を作り上げたつもりだ。風呂に関しては、どこのホテルにも負けるつもりはねーよ」

私自身はお風呂好きだけど、さすがにうちの規模では大浴場は作れない。

町中《まちなか》にいる以上、温泉を掘り当てることもできない。先日、ガラさんから大金を巻き上げたものの、アレはホテルラフレシアに何かあった時のお金だ。

ちなみにお金はレノアさんに預け、隠してもらっている。

でも、話を聞くと……いいなぁ、大きなお風呂。

お客さんとして入りに行きたいなんて思ってしまう。

そういえば、私の実家の温泉は素敵だった。少し熱めで……

「いいですねぇ」

思わず羨《うらや》ましそうな声を出してしまった。

いけない……この人とは秘密を共有しているせいか、気が緩みがちだ。油断しちゃいけない相手だとわかっているのに……

「ん？　何が？」

「あ、いえ……大きなお風呂っていいなぁと思って」

「ああ、そんなこと。なら、おちびさんも今度うちに遊びにきたらいいよ」

そう言いながら、彼はズボンのポケットをガサゴソと探り始め、中から折り曲げた紙の束を取り出した。

「これ、うちのスパのフリーチケット。一枚で一つのグループ十人まで、無料でスパの施設全部を利用できるから。超お得意様用の特別なやつだけど、やるよ」

「え、そんな……いただけませんよ」

折り曲げた束は、どう見ても二十回分くらいはありそうだった。一枚で十人も招待できるのであれば、かなりの金額ではないだろうか。

「知り合いに配れって渡されたんだけど、すっかり忘れてた。折り曲がってるけど、ちゃんと使えるから」

彼はそう言って、テーブルの上にチケットを放り投げた。迷いはしたものの、二度も断るのはなんだと思い、ありがたくいただくことにした。

「本当に、一度は来いよ。スパもだけど、リトル・ロックランドのほうも。ローラーコースターででかい声を上げたら、スッキリするぜ。遊んで汗まみれになったら、うちのスパで綺麗になって帰るといい」

「本当に憎らしいくらい、素敵な演出ですよね」

遊んで疲れた後、すぐ近くにスパがあれば、お客は当然、そのままスパへ流れていくだろう。ホテル・コッソアーロでは外部の客もレストランで食事できるので、夜はここで食べて行こう、と考える人も少なくないはず。

裕福な人なら、そのまま宿泊だってしてしまうかも。

「だろ？　そのうち、うちのホテルの部屋にも招待したいけど……あんたはホテルラフレシアの看板娘だからな。勝手に丸一日も借りることはできねーだろうなぁ」

「そうですね。うちも自営業ですから」

お子様プレートの提供をスタートして以来、予約のキャンセル待ちまで出るほどの人気が続いているから。

そんな状態で、私だけがお泊まりしにいくわけにもいくまい。

「まあ、そのうち少しでも落ち着いたら泊まりにきてよ。安くするし、サービスもするから」

「ありがとうございます」

「俺の自慢のホテル、あんたにも堪能《たんのう》して欲しいからさ。でも、こういう小さなホテルの、行き届いたサービスってのも悪くないよなぁ」

「喜んでいただけたようで、嬉しいです」

「日本人て、細かいところをちゃんとするな。部屋の匂いとか、地元の情報とか。案内も丁寧だし、どこにもゴミが落ちていない。……うーん、ちょっと見習わねーと」

ガラさんが眉間にきゅっと皺《しわ》を作る。本気で反省しているらしく、でもどこかその様子が可愛らしくて笑ってしまう。

この人は、本質的に悪い人ではないのだろう。

「なあなあ。おちびさん、うちに引き抜かれたりしない？」

「しません」

即答する。

私はこのホテルラフレシアと骨を埋める覚悟なのだ。どんなに大金を積まれようと、そんな誘いに乗るわけがない。

「ちぇっ。残念」

そう言って舌打ちするガラさんは、本気で悔しそうで……

この人はどこまで本気なのか、ちょっとわかりにくい。

「俺、ホテル経営なんて今回が初めてでさ」

「そうなんですか？」

その割には、抜群の経営センスだ。

「うん。ノリと勢いでやってきたけど……やっぱり、勉強っていつまでも終わりがないねぇ……俺、本当は勉強とか大嫌いなのになぁ」

あーあ、と嘆《なげ》くガラさんがおかしくて、私は笑った。

「私は逆ですね。勉強が好きな学生でした」

「えー!?　嘘だろ!?　あー、でもまぁ、そうだな。おちびさんは、そんな感じかも」

すげー優秀そうだもん、と言って、ガラさんは苦笑いする。

「でも、私は天才肌ではなかったので、いい成績を取るために、それ相応の時間をかけてやってきました。わからないことがわかるようになったり、できなかったことができるようになったりすると、とても達成感があって、いいですよね。何事も積み重ねが大事なのだと思います」

「積み重ね、ねぇ」

組んだ足の先をブランブランとさせながら、ガラさんはやっぱり勉強は嫌いだとぼやく。

けれども、その表情はどことなく楽しそうに見えた。

「でもまあ、結果が出た時の達成感というのは、わかるよ。リトル・ロックランドもホテル・コッソアーロも、数年越しの計画だったからさ。今すげぇ充実してんの」

「あ。聞きたいことがあるんですけど……いいですか？」

「何？　スリーサイズ？」

「いえ、それは特に興味ないです」

「……あ、そう。で、何？」

「ガラさんて、確か十九歳でしたよね？　私がリトル・ロックランドの計画を耳にしたのは、二年くらい前の話なんですけど……ガラさんはどの段階で関わっていたんですか？」

「ああ、それ。最初からだよ。正確には、もう少し前……俺が十五歳の時からかな。今のおちびさんと同じ年頃から計画してたんだけどね。最初はただの悪ガキの妄想だったんだ。飲み屋で、こういう遊び道具がいっぱいある場所ができたら楽しいよな、って話をしてたら、近くのテーブルに座ってたお兄さんたちに、面白いからもっと話せって言われてさ。俺も酔ってたから、調子に乗ってイメージしてる絵まで描いちゃって」

「……念のために言っておきますけど、こちらで飲酒が許されるのは十六歳からですよ。ちなみにアメリカ合衆国では概《おおむ》ね二十一歳から飲酒が許されたはずですけど」

ガラさんは「やべっ」と言いながら、ちっとも焦ってはいない。

「悪ガキだよねー。でもま、そういう妄想話を調子に乗ってしてたらそのまま寝ちゃって、気づいたらイカしたお兄さんたちに囲まれて、一緒に仕事しようぜ！　って誘われて。なんやかんや色々やってたら、妄想が形になった。いや、俺の仲間たちが形にしてくれたんだ」

多分、イカしたお兄さんたちというのは、今日一緒に来ている人たちのことだろう。

ガラさんは彼らの中で一番若いと思うのだけど、ガラさんと彼らの間には部下とか上司とか年齢とか、そういうのは関係ない親しさや、絆《きずな》のようなものがあると感じる。

「色々と大変なことも山のようにあったしさ。あいつらにも口にできないくらい苦労かけちゃったから、これからたんまり儲《もう》けて、いい夢を見せてやりたいなとか、リーダーとしては思うのよ」

そう言って彼が私によこした笑顔は、たまらなく可愛らしくて魅力的だった。

「イエエア！　これがお子様プレートか！　最高だなこのフォルム!!　おい、見ろよ！　船だぜ、船。超可愛い！　キュート！　いいなぁ、このセンス。こんなんガキの頃に見せられたら、皿を持って帰るって駄々《だだ》をこねていたところだ！」

テーブルに並んだお子様プレートに、いい年をした大の男たちが大騒ぎだった。

「うわあ。うーん。この発想、素晴らしいね」

「すごく美味《おい》しそうです、ガラさん」

「この皿は一級品だぞ。子供用にも手を抜かないなんて……さすが、うちのボスが気に掛けるだけのことはある」

身体が大きな分、小さな子供たちがはしゃぐよりも、何倍も迫力がある。

「つーか、皿談義はどうでもいーから、さっさと食おうぜ。俺は腹ペコだ。飯なんざ、食ってなんぼのものだろうが」

彼らのうちの一人が少し不満そうに言った。

確かに、盛り上がるのもありがたいけれども、できれば早く食べて欲しい。じゃないと、冷めてしまうものもあるから。

「それもそうだ。じゃあ、今日も女神の恵みに感謝して」

「感謝して」

ガラさんの祈りの言葉と挨拶《あいさつ》に、他の青年たちが続く。今夜のメニューは、オムライス、白身魚とトマトのグラタン、ほうれん草のパンキッシュ、豚肉のしょうが焼き、野菜のピーナッツバター和《あ》え、フルーツポンチである。

お子様用に比べて、それぞれの量を倍にしてある。食後には、卵と牛乳のパンプディングにブランデーをかけた、大人向けのデザートが用意されている。

「んー!? なんだ、この卵は。ふわふわでトロトロだ！　中に入っているトマト味のライスに絡んで……美味《うま》い！　なるほど、ライスの中に野菜と……鶏肉か？」

オムライスを食べて感動する青年の一人に、ガラさんが「ああ」と言った。

「それな、オムライスっつってな」

「お、おむ……？」

「いや、何でもねえ。うほー、このグラタンも熱々でうめーな！　魚が柔らかくて、トマトもよく合う」

「このスパイシーで甘い肉がやたらとうめーな……何だこれ。フォークが止まらねぇ。なあ、お嬢ちゃん。これ、何て言うんだ？　ん？　ショーガヤキ？」

「ガラさん、ほうれん草のキッシュもうまいですよ。生地に旨みがしみ込んで」

どのメニューも大好評みたいだ。よかった。

「アルコールはいかがですか？」

「あー……この肉に酒は合うだろうが……今夜はパスだ。酒で味がわからなくなるのはもったいないし、何より、今夜の俺たちは、気持ちだけはお子様だからな」

「身体はこんなに大きくなったけれど、心は少年。少し倒錯《とうさく》的な気分にもなってしまうね」

「ははっ！　そりゃ、お前が変態だからだ。お嬢さん、明日の支払いには、ちょっとばかし上乗せさせてもらうよ。迷惑料だ。それに、これだけの内容であの料金じゃ、利益なんざ出ないんだろう？」

その問いかけに対しては苦笑するに留《とど》めた。

彼らはその日、本当に子供のようにはしゃぎ、あくる日には爽《さわ》やかに帰って行った。

本当に本来の宿泊料よりも、かなり色をつけた額を払ってくれて……。何度も断ったのだが、押し切られてしまったのである。さすが、資金力が違う。

最初はどうなることかと思ったけれど、まあ……楽しかったかな。

＊　＊　＊

季節は初冬《しょとう》と呼ばれる季節になりつつあった。

クレーンポートの冬は短いが、一気に冷え込む。昨日の夜から猛烈《もうれつ》な寒波が到来し、寒さで体調を崩す人も出やすいと聞いていたが――

ホテルラフレシアでも、お客様が一人、具合を悪くして寝込んでしまった。

ご夫婦で観光に来られていて、奥様はホテルについた時から少し咳をしていた。それが一気に悪化してしまったらしい。

なんでも、元々お身体が弱く、ご自宅でも伏せってらっしゃることが多いので、気晴らしに旦那様が旅行を計画したそうだ。

すぐに町のお医者様を呼び、お薬を処方していただいた。お薬を呑んで、回復するまでベッドで療養していれば大事には至らないとのことだが、すっかり食が細くなってしまい、お父さんが作ったスープを少し口にする程度だった。

「予定より滞在を長くしてしまい、申し訳ありません」

優しげな面差《おもざ》しの旦那様は、奥様の体調がよほど心配なのか、いらしたばかりの時よりも青白くなっていた。

今、奥様は寝ているらしく、息抜きにお茶を飲むため食堂へ来られたのだ。

このままでは旦那様まで体調を崩してしまいそう。実際、この方まで食事を控えるようになってしまったのだ。

「どうか、お気になさらずに。それよりも、お食事はいかがですか？　できるだけ、胃に負担のかからないものを用意いたしますので」

気落ちしている旦那様に、お父さんが優しく声をかける。

「……いえ。食欲が湧《わ》かないのです。このホテルの食事を、家内は大変楽しみにしておりました。その家内を差し置いて、自分だけが楽しむわけには……」

「しかし、ご主人まで倒れられては元も子もないですよ」

お母さんが、優しい香りのするお茶を注《そそ》ぐ。

旦那様は「わかっているんですが……」と言ったきり、黙り込んでしまった。よほど、仲のいいご夫婦なのだろう。

年齢で言えば初老に差し掛かるお二人なのだが、新婚さんのように仲睦《なかむつ》まじく手を繋いで入ってこられたのが印象的だった。

「家内は若いころから、食が細くて、体調を崩しがちだったのですが……。私が旅行など計画したから家内が苦しむことになったのだと思うと、胸が切ないのです」

「あなたのせいではないですよ。奥様はとても楽しげにされていたではありませんか」

「……ええ。家内が、あんなに美味《おい》しそうに食事をとるのを見るのは……すごく、久しぶりでした。私たちの間には子供はなく、この年まで二人で手を取り合って過ごしてきました。私の仕事が忙しく、若い頃はなかなか家内に感謝を伝えることができなかったから、せめてこれからは、と思っていたのに……」

目元に皺《しわ》を刻《きざ》むお客様の言葉に、奥様への深い愛情を感じた。

大切な人が体調を崩すのは、本人が自覚するよりも心身に負担をかけてしまうものだ。どうにかして、二人とも元気になって食事をとってほしいけれど……

食事のメニューにお米を加えるようになってから、町の北側に位置するお店には何度も足を運んでいた。米に始まり、昆布や鰹《かつお》の燻製《くんせい》、小魚の干し物など、元日本人であり旅館の娘だった私にとって心躍る食材が並んでいる。醤油《しょうゆ》を見つけたのも、この店である。どうやら、日本のような食文化を形成している地域が、この世界のどこかにあるらしい。

興味は尽きないが、今は部屋で伏せっている奥様たちのことが第一だ。

「ホテルラフレシアのお嬢様。ようこそ、お越しで」

「こんにちは、おじ様」

お父さんよりも少し年上くらいの男性が、この店のオーナーだ。大柄の男性なのだが、とても物腰が柔らかで、接客が丁寧なこの人が私は好きだった。

「少し珍しいものが入っているのですよ。もしかしたら、お嬢様ならこれが何か、ご存じなのではないでしょうか？」

このお店に初めて顔を出した時、お米を目にして「お米！」と歓声を上げてしまった上に、昆布やら鰹《かつお》の燻製《くんせい》などを喜んで買っていったものだから、オーナーは、私が物珍しいものに目がないし、詳しいと思っているのだ。

紙の上にさらりと載せて見せてくれたのは、砂糖よりも細かい粒子《りゅうし》だった。真っ白い粉は、小麦粉……とは違うように見える。

「触れてもいいですか？」

「どうぞ」

オーナーは小さなスプーンで粉を掬《すく》い、私の手のひらに載せた。見た目以上に、きめ細かい粉だった。

舌に少し載せると——うん、あれだ。

私がその品物の名前を口に出すと、オーナーはかなり驚いていた。

「さすがです。本当に、博識なお嬢様だ」

粉を指先で摘《つ》まみ、親指と人差し指の腹でこする。ああ、これがあれば……

「おじ様、今日はこれをくださいな。それから、乾燥した柚子《ゆず》の皮があればそれも」

購入したものを持って、急いで帰る。

今日はいい日だ。これがあれば、問題のお客様を元気にできるかもしれない。


「うわっ」

ホテルの玄関で、レノアさんが膝を抱《かか》えて座っていた。ホテルの前を通る人たちが、不審な目でレノアさんを見ている。

「どうしたんですか、レノアさん」

慌てて駆け寄ると、じっとりとした目でレノアさんが見上げて来る。

「ご主人公様がぼくを置いていった」

「そんなの、今までもあったじゃないですか。もう、他のお客様のご迷惑になるので立ってください」

レノアさんをホテルの中へ連れていく。このままでは、いずれ警察が駆けつけるかもしれない。

「それで、ぼくをホテルに置き忘れてどこに行ってらしたんですか？」

「置き忘れて……いや、本人がそう思うならば、いいんですけど。ちょっとお買い物に行ってたんです。おかげさまで、とても素敵なものが手に入りました」

「ほほう。あ、お義父《とう》様は商工会の集まりに行きましたよ。お義母《かあ》様は、空いている客室の掃除中です」

「そうですか」

レノアさんの報告を聞きながら、厨房《ちゅうぼう》へ向かう。

「レノアさんも見ますか？」

「いいんですか？」

「どうぞ」

他にお客様はいないし、大丈夫だろう。

厨房《ちゅうぼう》に入り、お湯を沸《わ》かす。時を置き、シュッシュッと白い湯気を吐き出すヤカンの火を止める。

続いて底の厚いカップを食器棚から三つ取り出し、それぞれにお湯を注《そそ》いだ。それから、もう一つ別の容器を出し、そこにもお湯を入れて少し冷《さ》ます。

三つのカップが温まったところを見計らい、お湯を一旦捨てる。

そして次に、買ってきた粉の入っている袋を取り出すと、レノアさんが不思議そうな顔をした。

「何ですか、これ？」

「滋養《じよう》のあるものです」

温まったカップに粉を適量入れた後で、別の容器に入れて冷《さ》ましておいたお湯を注《そそ》ぎ、よくかき混ぜる。これは、ダマにならないようにするため。

粉がほどよく溶けたら、今度はヤカンの中の熱湯を注《つ》ぎ足して、再びかき混ぜる。それから砂糖を加えて、またじっくりかき混ぜて……

最後に、湯煎《ゆせん》で戻しておいた柚子《ゆず》を入れて、完成だ。

「これは？」

「葛湯《くずゆ》と言うんです。とろりと甘くて美味《おい》しいんですよ」

三つのうち、一つをレノアさんへ差し出す。

「これを飲んで、いい子にしていてくださいね。寒い日に玄関の前に座り込むなんて、通報される前に風邪を引いてしまいますよ」

「ぼくは風邪なんか引きませんよ」

「そうだとしても、です。身体を温めてください」

「はーい」

二つの器《うつわ》をトレイに載せて、レノアさんを厨房《ちゅうぼう》に残し、客室へ向かう。

部屋をノックすると、中から旦那様が出てきた。

「何か？」

「身体の温まるものを持ってきました」

「あ、ありがとうございます」

中に入れてもらうと、奥様は起きていらした。ベッドの上で上体を起こし、力なくこちらを見ている。微笑みは弱く、それでもこちらに気を遣っているのがわかる。

「奥様。お加減はいかがですか？　こちらをどうぞ。甘くて、とても口当たりのいい飲みものです。身体が温まりますので、旦那様もどうぞ」

二人は恐縮しながらも、器《うつわ》を受け取ってくれた。小さなスプーンも手渡す。

「どうぞ」

「ありがとう」

とろみを帯びた透明な液体がスプーンですくわれ、そっと奥様と旦那様の口へ運ばれる。口に入れた途端、ふっと奥様の顔が柔らかくなったのがわかった。

「……甘くて、優しい味がするのね」

「葛湯《くずゆ》というんです。滋養《じよう》がありますから」

葛粉《くずこ》は上手に溶かせば、上品で美しい透明な液体に仕上げることができる。元の世界で私が風邪を引いた時、お母さんが作ってくれたのが、この葛湯《くずゆ》だったことを思い出したのだ。こちらで葛粉《くずこ》に出会うことができるなんて、思わなかった。

葛粉《くずこ》があれば、水まんじゅうも作ることができる。料理の幅も広がるだろう。こうやって、体調を崩されたお客様に出すこともできる。

一口、二口とスプーンを進めていた奥様が、器《うつわ》を一度膝《ひざ》の上に置くと、そっと目元を押さえた。

どうしたのかと尋ねると、震える声で答えた。

「とても優しい味が胸にしみて……嬉しいのに、涙が出るのよ」

葛湯《くずゆ》を飲んだことで、青白かった頬にわずかながら赤みが差している。

涙を滲《にじ》ませて笑う奥様に、もっと栄養のあるものを食べて欲しいと思った。

「それは、よかったなあ……」

奥様を見守る旦那様の、慈愛《じあい》に満ちた目も素敵だと思った。

この人たちに、これから先の旅路も元気に過ごして欲しい。

静かに流れる時の中、二人は葛湯《くずゆ》をゆっくりと飲み干した。

「お腹の中が、ほっこりと温かいわ」

「うん。身体だけじゃなく、心も温かくなったよ。ありがとう、お嬢さん」

空になった器《うつわ》に、私も笑みが零《こぼ》れ落ちた。


「お父さん。厨房《ちゅうぼう》の食材、使ってもいい？」

「うん？　いいよ」

ディナーの時間になる前に、私はお父さんに申し出た。

奥様と旦那様の身体のことを考えて、お父さんも今夜のメニューを決めあぐねていたようだった。

「何を作るんだい？」

「身体が温かくなるものを。少しだけ、ここを占領するね」

私が言うと、お父さんは出ていってくれた。言葉にしたことはないのだが、私が料理をする時は一人を好むことを、お父さんは知っているのだ。葛湯《くずゆ》や、かき氷を作る程度ならばいいのだが、ちゃんとした料理となると――なんとなく、ダメなのだ。一人が、いい。

鍋に水を入れ、火にかける。お湯が沸《わ》くまでの間、下準備に取り掛かる。

以前買っておいた鰹《かつお》の燻製《くんせい》と、乾燥昆布を取り出した。こちらでは、鰹《かつお》の燻製《くんせい》を旅先での非常食として携行《けいこう》するのが一般的だが、もちろん今回は違う。

カンナを使い、シャッシャと燻製《くんせい》を削っていく。鰹《かつお》の香りがふわりと広がる。

鍋のお湯を見て、沸騰する一歩手前で火を弱くし、削りたての鰹節《かつおぶし》を一掴《ひとつか》み入れた。たちまち花のように広がる鰹節《かつおぶし》を真剣な顔で見る。あとは、やがて静かに沈んでいくのを待つだけだ。これで鰹出汁《かつおだし》の完成。

次に、用意していたボールに布巾《ふきん》をかけ、そこに鰹出汁《かつおだし》を流して濾《こ》す。

上品な色合いの出汁《だし》に、思わず自分の表情が和《やわ》らぐのを感じた。

昆布のほうも、三十分くらい水に漬け置いた後、中火にかけて出汁《だし》を取った。この二つを合わせたものが、今回の料理の要《かなめ》だ。

小さな皿に取り、味を見る。まろやかな旨みの中、舌先に残るわずかな辛み。

喉を通り抜ける際、鼻からふっと出汁《だし》の香りが通り抜けていく。小皿を持った手が、少しだけ震えた。

胃に落ちていく出汁《だし》の——見事なこと。

これは私の腕というよりも、素材がよいのだ。

これを味わってしまうと、次から苦労しそうだな。

同じ品質のものが手に入ればよいけど……

そんな風に思いながら卵を取り出して溶いた。出汁《だし》と混ぜ合わせ、これも一度濾《こ》す。

そして具材の下ごしらえは、まず海老《えび》から。殻《から》をむき、背わたを抜く。

他にも、鶏肉を刻《きざ》んだものと、翡翠色《ひすいいろ》の銀杏《ぎんなん》も用意した。キノコは半分に切る。

それらを蓋《ふた》つきの小さな器《うつわ》に入れていく。最後に卵液を入れて蓋をかぶせ、下準備は完了だ。

ぐらぐらと煮立つ鍋の上に蒸《む》し器を置いて、蓋《ふた》を閉めた器《うつわ》を並べる。

そして、待つことしばし。

でき上がったものの中から一つ取り出して、蓋《ふた》を開ける。

薄黄色の滑《なめ》らかな表面は目に優しく、その中にチラリと覗く海老《えび》の赤色は鮮やかだった。

表面をスプーンの腹で押す。鬆《す》も入っていない。すくい上げると、スプーンの上でふるんふるん、と揺れる。

完璧な茶碗蒸《ちゃわんむ》しを手に、思わず私はにんまりと笑った。

「これは……」

お客様の部屋へ運び、ご夫婦に食べてもらったら、それだけ言って旦那様は黙り込んでしまった。奥様も同じように口を閉ざし、次の一口を食べ進める様子がない。

口に合わなかったのだろうか。かなりいい出来だと思ったのだけれど……

ひどく残念な気分になったが、表情には出さずに伺《うかが》う。

「お口に合いませんか……？」

「とんでもない！」

返事の速さに驚いた。しかも、二人の声がそろっていたのだから、本当に仲のよいご夫婦だと感心する。

「なんて、美味《おい》しいの。こんなに美味《おい》しい食べ物は、初めてだわ」

「奇跡の味だ。食べた瞬間に、口の中で溶けて……本当に素晴らしくて、次の一口がもったいなく感じるなんて、罪深い食べ物だ」

「本当に。このホテルは何を食べても美味《おい》しかったけれど……これは特別だわ」

奥様の頬が、興奮で徐々に赤くなってきた。ご主人は罪深いと言いながら、次の一口を食べる。

奥様もぱくり、ぱくりと食べ進めてくれた。

「よかった。食べてください。私の育った土地では、食い力《くりき》といって、食べることで力を得るという考えがあります。食べて、元気になってください」

ご夫婦は一口一口を名残惜《なごりお》しそうに食べ進め、ついには完食してしまった。

恐らく、いきなりこれだけを出していたら、完食は難しかったかもしれない。事前に葛湯《くずゆ》を出していたことが、食べるという行為に繋がったのだ。

「……もう少し食べたいわ。他の食べ物も」

恥ずかしそうに奥様が言う。ご主人は、うんうんと嬉しそうに頷《うなず》く。その唇は、泣くのを我慢しているかのように、ぎゅっと引き結ばれ、震えていた。

「よかった……よかったな。お嬢さん、食事をお願いしてもいいかな？」

「もちろん、喜んで！」

きっと、お父さんも喜ぶだろう。ご夫婦を心配していたお母さんも。

空になった器《うつわ》を厨房《ちゅうぼう》に持っていき、お父さんに経緯を伝えると、安堵《あんど》したように息を吐き、そのままぎゅうーっと、私を抱き締めた。

「ありがとう、アンジェリカ。君が頑張ったおかげだ」

それは、かき氷でお客様が増えた時よりも、お子様プレートで大成功を収めた時よりも、喜びに満ちた声だった。

「ずるいわ」

お母さんの拗《す》ねた声が聞こえたかと思うと、背中からぎゅーっと同じように抱き締められる。この二人はよく、私をサンドイッチのように挟む。決して嫌ではないけれど。愛に包まれて、頬がふにゃふにゃに緩みそうで、ちょっぴり恥ずかしい。

「アン――アンジェリカ。あなたは自慢の娘だわ。前から思っていたけれど」

嬉しそうなお母さんの声が、耳の中にじんわりと入り込んでくる。


その後、お父さんたちにも茶碗蒸《ちゃわんむ》しの味を確かめてもらうと、二人は先に食べたご夫婦と同じような反応を見せた。そして茶碗蒸《ちゃわんむ》しは、ホテルラフレシアの冬の新メニューになることが決定した。

卵は栄養価が高く、喉の通りもよい。身体も温まる。

特に宣伝する必要もなく、茶碗蒸《ちゃわんむ》しの話はお客様たちの口コミで町全体に広がっていった。

面白いもので、初めて食べた人たちの反応は皆、同じだった。誰もが言葉を失い、自分の食べたものがいったい何なのかわからないという顔をして――けれどすぐに、ひどく素晴らしいものを食べたのだと理解し、歓喜した。

食感にも夢中になるようだ。

この反応を見る限り、プリンを出しても喜ばれそうだ。

＊　＊　＊

茶碗蒸《ちゃわんむ》しは下準備さえしておけば一度に複数作ることができる上に、食べ終えるのにもそれほど時間がかからないので、お昼にも出すことにしていた。

寒い風に吹かれながら、茶碗蒸《ちゃわんむ》しを食べるために、お客様たちが足を運んでくれる。

かき氷のように手頃な値段にはしなかったけれど、それでもお客様の数が減ることはなかった。

そして、彼は一際《ひときわ》冷たい風が頬を撫《な》でる日にやってきた。

「堂々と来ますね、相変わらず」

「堂々と来ますよ。客として」

ピンク色の髪が揺れる。食堂で美味《おい》しそうに茶碗蒸《ちゃわんむ》しを食べているのはガラさんだ。

同じテーブルには、彼の仲間たち。

「これはウチでも出したいですね、ガラさん」

「売れそうだねー」

感心したような青年の言葉に、ガラさんは頷《うなず》く。

「……堂々とパクリにきたわけですか」

「いやいや、それはしないよ。うちじゃこの味は出せないだろうし。うちのコックが食べて、まったく作り方が想像できないとも言ってたし」

知らない間に、偵察《ていさつ》に入られていたらしい。

「でも、出したいなー。おちびさん、うちで出店しない？」

「しません」

「どうせならこのお嬢さんをスカウトしよう。商才がある。若いうちに取り込んでしまいましょう」

「そうだなー。うちで働いてくれないかなー」

「働きません」

何なのかしら、この人たち。食べたらさっさと帰ってくれないかな。……ちょっと嬉しかったけど。

「それにしても美味《うま》いなー」

「美味《うま》いですね」

「うん、美味《うま》い」

……まあ、とても美味《おい》しそうに食べてくれるのも、悪い気はしないけれど。

「このホテルごと吸収合併できないかなー」

「恐ろしいこと言わないでください！　そんなことしたら、私のフライパンがうなりをあげますよ」

「そりゃ怖い」

ハハハと彼らは楽しそうに笑う。くそう、本気なのに。

玄関から新しいお客さんが入ってくるのが見えて、そちらへ向かう。

「いらっしゃいませ」

彼らから逃げたい気分だったので、ちょうどいいタイミングだった。

「逃げられたー」

「ボスの下心が透《す》けてみえたんだよ。ドンマイ」

背後から聞こえた声に、嫌な気はしなかった。


「宿をお願いしたいんだけど、空いてるかな？」

「ええ。お一人様ですか？」

「あとから、もう一人くるんだ。部屋は同じでいいから」

「はい。それではこちらで、お名前のご記入をお願いします」

宿泊名簿をつけるために、カウンターまでお客様を案内する。

「それにしても、食堂がずいぶんと賑《にぎ》わっているんだね。皆、同じものを食べているようだけれど」

「ホテルラフレシアの名物、茶碗蒸《ちゃわんむ》しという料理なんです。夕食のメニューにも入っておりますので、楽しみにしていてください」

笑顔を一つ。ご案内は、丁寧に。

お客様の手荷物は、お客様の呼吸を読んで、さりげなく「お持ちします」と申し出る。

「お部屋にご案内いたしますね」

二階のほうはお母さんに任せて、お客様をお部屋へ連れていく。階段を上り、部屋の鍵を回す。

ドアを開けると、お客さんは安堵《あんど》したような息を吐いた。

「ほう。綺麗な部屋だね。空気もこもっていない」

「ありがとうございます。換気には、気をつけております」

「私はよくホテルに泊まるのだが、部屋の空気が淀《よど》んでいたりするところは割と多くてね。でも、ここはとても気持ちいい。これは、いいホテルを引き当てたと、相棒にも喜んでもらえそうだ」

「お褒《ほ》めにあずかり光栄です。それでは、失礼いたします」

お辞儀をして、部屋を退室する。

食堂からは、賑《にぎ》やかなお客様たちの声がしていた。

ん、と軽く伸びをする。

夏が始まる前は閑古鳥《かんこどり》が鳴いて大変だった。

それが今は、原因となったライバルホテルの経営者が、うちの食堂で茶碗蒸《ちゃわんむ》しを食べているのだから、人生何が起こるかわからない。

もちろん、異世界に飛ばされてしまうこと以上の驚きは、そうそうないだろうけれど。

階段を下りると、いつものテーブルに陣取っていたレノアさんと目が合った。

彼のテーブルには、次の仕事を持ってきたノーチェスさんも座っている。

「アン。こっちを手伝ってくれないかしら」

「はーい!」

呼ばれて、お母さんのもとへ急ぐ。

ここはホテルラフレシア。

港町クレーンポートにお立ち寄りの際は、どうぞよろしくお願いします。

大好評
発売中!!
RC
Regina
COMICS
異世界でカフェを開店しました。
1
2
原作
甘沢林檎
Ringo Amasawa
漫画
野口芽衣
Mei Noguchi
アルファポリスWebサイトにて
好評連載中!
トリップ先でLet'sクッキング!
地球のお料理、召し上がれ。
創刊第2弾!
素敵な仲間とLet'sクッキング!
異世界クッキングファンタジー
待望のコミカライズ!
突然、ごはんのマズ〜い異世界にトリップしてしまった理沙。もう耐えられない! と食文化を発展させるべく、カフェを開店。噂はたちまち広まり、カフェは大評判に。精霊のバジルちゃんや素敵な人達に囲まれて異世界ライフを満喫します!
B6判・各定価680円+税
アルファポリス 漫画
検索
シリーズ累計24万部突破!

勇者様にいきなり求婚されたのですが 1
RC Regina COMICS
原作 富樫聖夜 Seiya Togashi
漫画 渡辺うな Una Watanabe
大好評発売中!!
シリーズ累計13万部突破!
アルファポリスWebサイトにて
好評連載中!
勇者様にいきなり求婚されたのですが 1
富樫聖夜
渡辺うな
ツッコミ体質の侍女×史上最強勇者のラブコメファンタジーコミカライズ!
…わ、私、モブキャラなんですけど!?
シリーズ累計13万部突破!
アルファポリス
待望のコミカライズ!
魔王に攫《さら》われた麗《うるわ》しの姫を救い出し、帰還した勇者様ご一行。そんな勇者様に王様は、何でも褒美をとらせるとおっしゃいました。勇者様はきっと、姫様を妻に、と望まれるに違いありません。人々の期待通り、勇者様は言いました。
「貴女を愛しています」と。
姫の侍女である、私の手を取りながら——。
ある日突然、勇者様に求婚されてしまったモブキャラ侍女の運命は……!?
B6判・定価680円+税・ISBN978-4-434-21676-3
アルファポリス 漫画 検索

相坂桃花（あいさか ももか）
2014年、相坂桃花名義にて執筆活動を開始。暑さに弱い冬生まれ。
ハッピーエンド好き。別名義でも活動中。

イラスト：アレア

ホテルラフレシアで朝食《ちょうしょく》を

相坂桃花（あいさか ももか）

2016年 5月 6日初版発行

編集－北川佑佳・宮田可南子
編集長－塙綾子
発行者－梶本雄介
発行所－株式会社アルファポリス
〒150-6005東京都渋谷区恵比寿4-20-3恵比寿ｶﾞｰﾃﾞﾝﾌﾟﾚｲｽﾀﾜｰ5階
TEL 03-6277-1601（営業） 03-6277-1602（編集）
URL http://www.alphapolis.co.jp/
発売元－株式会社星雲社
〒112-0012東京都文京区大塚3-21-10
TEL 03-3947-1021
装丁・本文イラスト－アレア
装丁デザイン－ansyyqdesign
印刷－図書印刷株式会社

価格はカバーに表示されてあります。
落丁乱丁の場合はアルファポリスまでご連絡ください。
送料は小社負担でお取り替えします。

ISBN978-4-434-21897-2 C0093